사물의 눈

소설 ── 사물의 눈

차례

호수 / 6

여자 / 13

크리스마스 미사 / 21

김달이 / 35

작고 납작한 판돌 / 42

방문자 / 55

위안의 여자 / 60

소풍 / 69

시청 방문 / 75

추모 / 82

여자의 방 / 89

남겨진 시간 / 99

수도 여행 / 106

당신은 누군가요 / 120

또 다른 방문자 / 130

요양병원 / 140

침묵의 장소 / 155

이별 통보 / 162

소피아 국립 병원, 결국 문을 닫다 / 169

동굴 / 172

엠과의 통화 / 187

항공우편 / 192

백지의 의미 / 200

장의 가게 / 209

호수 / 215

〈해설〉 보이는 것과 보이지 않는 것의 사이에서 / 221

작가의 말 / 238

호수

/

보름 전 그가 이 도시에 도착했을 때 가장 마음에 든 곳은 호수였다. 호수는 길게 늘여놓은 8자 형에 뚜껑을 올린 모양으로 자리 잡고 있었는데 언뜻 보면 모자를 쓴 사람의 얼굴 형상에 가까웠다. 도시의 긴 이름에 모자라는 단어가 들어가는 것도 그런 까닭이었으리라 싶었다. 우기에도 호수의 수위는 크게 올라가지 않는다고 했다. 가늠할 수 없는 깊이 때문인지 아니면 늘 가랑비 내리듯 흩뿌리는 비 때문인지 그로서는 알 길이 없었다. 사실 호수는 오래전 많은 사람의 입에 오르내렸지만 언제부터인가 잊혔다. 결국은 잊혔다는 말에 마음이 끌렸는지도 모르겠다. 그 역시 잊혀 가고 있었다. 아니 잊혀야 했다. 그것이 바로 그가 이 도시 저 도시를 떠도는 이유였다.

아침 식사가 끝나면 그는 숙소를 나섰다. 운동 삼아 걷기 위해서라지만 발걸음은 자연스럽게 호수로 향했다. 둔덕에 오르면 눈으로 대충 가늠할 수 있는 호수였지만 도보로 걷기에는 꽤 긴 길이었다. 우람하게 자란 침엽수의 숲도 발걸음을 주저하게 만들었다. 자칫 잘못하면 길을 놓치기 딱 좋은 곳이기 때문이었다. 두어 번 심하게 헤매고 난 뒤부터 그는 완만한 곡선을 그리는 왼쪽 길을 선택했다. 걷다가 돌아오는 코스였다. 길의 반환점에는 주정뱅이 영감이 서 있었다. 영감은 도시의 상징인 새 깃털 차림을 하고 어쩌다 들르는 관광객을 상대로 사진을 찍고 푼돈을 받아 썼다. 이제는 낡아 깃털이 숭숭 빠진 망토를 뒤집어쓴 영감은 흉물스러웠다. 시에서 몇 번이나 나서서 자리를 옮기라 했지만, 영감은 끝내 버텨냈노라며 자랑스럽게 읊어 대곤 했다. 그가 나타나면 영감은 친구여 어서 오게나, 하고 양팔을 벌려 반겼다. 종일 한 자리에 붙박여 있는 영감으로서는 매일이다시피 나타나는 그가 반갑지 않을 리 없었다. 그는 영감에게 편한 눈길을 주지 못했다. 직업 탓일 것이다. 그는 오랫동안 사람을 상대하는 일을 했지만 한 번도 상대를 믿지 못했다. 일은 신념에 잠식당해 있었다. 미래의 삶이 살얼음판에 서게 될 줄은 당시에는 알지 못했다. 잠들기 힘든 밤이면 그는 자신을 몰아세웠던 동력의 세계에 대해 생각해 보곤 했다. 이해받기 힘든 영역이 되어버린 그곳은 지금 기묘한 시간으로 멈춰 서 있었다. 타자는 역사적 전환점이라고도 한다지만 그는 막연히 종교적 신념이 깨져버린다면 이런 상태가 아닐까 짐작해 볼 뿐이었다. 처음엔 거리로 내리쬐는 햇볕마저 칼날처럼 가슴에 박힐 때도 있었다. 거리의 모든 사람이 그를 쳐다보고 있는 듯한 망상으로 황급히 골목으로 뛰어들기도 여러 번이었다. 조직은 그에게 투명인간으로 살기를 원하고 있었다. 그것이 그가 낯선 도시를 전전하는 진짜 이유일 것이다. 그의 얼굴은 몇 번인가 신문 지상에 오르기도 했지만 곧 지워졌다. 그를 잠적하게 만든 사람들이 아직도 힘을 발휘하기 때문이리라 그는 믿었다. 처음에 그는 헤어날 수 없는 미궁에 빠져들었다고 생각했다. 낯선 도시의 거리를 어두워질 때까지 걷고 또 걸었다. 이끼 낀 돌담길을 걸었고 외곽의 버려진 교회를 기웃거렸고 검은 잡목 숲을 스쳐 지나갔다. 불빛에 반짝이는 도시의 작은 바들, 들뜬 여행자 흉내를 내고자 바를 기웃거리기도 했다. 시간이 쌓이자 이렇게 영원히 헤맨다면? 하는 가정법이 머리에 맴돌기 시작했다. 차츰 누구에게도 가 닿지 않을 두려움이 온전한 그의 몫이라는 생각이 들었다. 그는 사라지는 연기와도 같았다. 어쩌면 지금이 사라지기 직전이라는 생각이 머리에서 떠나지 않았다.

    이틀 전 엠과의 통화를 떠올렸다. 엠은 실체를 알 수 없는 짐승의 탁한 음성으로 도시의 한 기관을 택하라고 명령했다. 처음 이 도시로 왔을 때 그가 제일 먼저 연락한 곳이었다. 기관은 이미 와해되어 있었다. 엠마저 어두운 미로를 헤매고 있는 것일까. 엠은 마지막 남은 그의 과거였다. 엠마저 사라진다면 그에게 다가올 미래는 없었다. 미래라니. 그는 가볍게 코웃음 쳤다. 그는 미래를 생각하며 살아본 적이 없는 사람이었기 때문이다. 낯선 도시에서 미래를 걱정하고 있는 자신이 도저히 현실적으로 받아들여지지 않았다. 한편으로 차라리 잘된 일이라는 생각도 들었다. 낯선 곳에서 새롭게 시작해 보자고, 여름에는 강이나 호수에서 물고기를 잡고 겨울에는 군밤을 파는 일도 할 수 있을 거라고. 가슬가슬한 촉감의 털모자 속에 코 밑이 까만 얼굴을 내밀고 장갑 낀 손으로 뜨거운 군밤을 굴리는 자신을 떠올리고 미소를 짓기도 했다. 이곳 호수에서 물고기를 잡는 어부는 어떤가. 작은 배를 타고 나가 그물을 치거나 낚싯대를 드리우는 광경이 떠올랐다. 새벽 물안개 속 흔들리는 배에 앉아서, 이윽고 해가 뜨면 반짝반짝 빛이 나는 강 비늘을 헤치고 돌아오는 꿈. 새삼 그는 호수에서 물고기를 잡는 사람을 한 번도 본 적이 없다는 사실에 놀랐다. 그뿐이 아니었다. 호수를 찾는 도시 사람들도 많지 않았다.

그는 영감에게 사람들이 호수를 찾지 않는 이유를 떠듬거리며 물었다.

"내가 있어! 바로 여기에. 내가 있는 한 아무도 호수를 버릴 수는 없지. 암!"

하긴 영감만큼 호수에 대해 많이 아는 이도 없을 거 같았다. 영감은 30년을 넘게 이 자리에서 버텼다고 했다. 그야말로 붙박이였다. 나무들처럼. 도시에는 나이든 거대한 나무들이 수도 없이 많았다. 그런 것에 관심을 두는 사람들 역시 없었다. 사람들은 조종당하는 로봇처럼 근무지에 머물렀다. 그들 역시 어느 순간엔 딴 지역으로 도피해야 할 순간을 맞이하리라는 것을 그는 홀로 짐작하곤 했다.

"친구여! 자네와 같은 혈통을 알고 있다네."

늘 하는 소리였다. 영감은 동양인이 모두가 같은 혈족이고 가족인 줄 알았다. 그래도 그는 영감의 부질없는 소리를 듣고 있었다. 도시에서 그에게 말을 걸어주는 사람은 영감이 유일했다.

"이 도시는 왜 이렇게 사람이 적습니까?"

영감은 클릿뿌릿 웃기 시작했다. 듬성듬성 빠진 이 사이로 요상한 웃음소리가 새 나왔다. 영감은 자신이 어릴 때는 인구가 아주 많았다며 대단한 도시였다고 자랑했다.

"돌아와 보니 이래."

"네?"

"전쟁!"

"아……."

그의 감탄사가 무색하게 영감은 장난꾸러기 같은 미소를 지어 보이며 덧붙였다.

"나는 살았지."

인구 삼십 퍼센트를 요구한 전쟁은 오래전 끝이 났다. 그런데도 영감은 아직 그 환영에서 깨어나지 못한 듯이 보였다. 영감의 헛소리에서 떠날 시간이었다. 그는 인사를 하고 오던 길로 돌아섰다.

"기억해! 너의 혈통을!"

도대체 영감에게 혈통이란 무엇일까. 문득 그는 궁금해졌다. 그가 아는 혈통이란 핏줄이었다. 이어 사람의 몸에서 터져 나오는 붉은 줄기가 연상됐다. 핏줄로 이어지면 일이 수월했다. 순간 그는 절레절레 고개를 흔들었다.

밤에는 더욱 할 일이 없었다. TV에서 쏟아져 나오는 언어들은 외계의 말처럼 낯설었고 재미도 붙이지 못했다. 그는 좁은 호텔 방에서 갇혀 지내는 일상에 환멸을 느낀 지 오래였다. 화가 들끓기도 했지만, 날이 새면 또다시 잠잠해졌다. 해란 그런 물질이었다. 대기를 뚫고 나오는 빛이 사물을 토해 놓은 시간. 그 정점에서 눈이 떠졌다. 한 번이 어렵지 무료한 일상은 그를 습관에 물들이기를 주저하지 않았다. 시간만이 절대자였다.

여자

/

주정뱅이 영감은 갈 때마다 말이 많아졌다. 그에게 누군가를 만나야 한다는 거였다. 도대체 누굴 만나 보라는 걸까. 성가신 일로 느껴져 그는 호수의 반대편 길을 택해 걷곤 했다. 그날은 귀신에 홀린 것처럼 발걸음이 영감에게로 가 닿았다. 쓸데없는 상념들이 그의 발에 바퀴를 채운 탓이었다. 멀리서 새 깃털을 뒤집어쓴 영감을 알아보고 그는 흠칫 놀랐다. 아니 옆에 선 여자를 보고 놀랐다 해야 옳았다. 여자는 그와 같은 종족이 맞았다. 그것은 한 세기를 건너뛰어도 알 수 있는 무엇이었다.

"아, 안녕하세요?"

여자의 인사말은 콧날이 시큰거릴 정도로 아름답게 들렸다. 그는 서둘러 외투 주머니에서 손을 꺼내고 고개를 숙였다. 웬일인지 잔뜩 쑥스러워졌다. 여자는 그를 기다리고 있었다는 듯 영감에게 고맙다는 인사를 했다. 곧 그와 발걸음을 맞춰 걷기 시작했다.

거 보라며, 영감은 뒤에서 껄껄 소리 내 웃었다. 또 뭐라고 구시렁거리는 소리가 들렸지만 알아듣지 못했다. 하지만 그와 여자는 어떤 말도 시작하지 못했다. 나뭇가지들이 팔을 스치고 새들이 우짖는 동안에도 둘은 묵묵했다. 어찌 된 일인지 둘은 침엽수의 숲으로 들어서 있었다. 그로서는 잘 오지 않는 곳이었다.

숲속은 정적이 감돌았다. 둘 사이도 고요했다. 당연한 일이었다. 처음 만나 서로에 대해 아무것도 모르는 사람들끼리 무슨 할 말이 있을까 싶었다. 여자가 침엽수의 숲을 택했던 것도 아마 같은 이유였으리라. 낙엽 냄새가 그의 콧속에 물씬 들어찼다. 걸음을 옮길 때마다 검은 흙덩이가 신발에 달라붙기도 했다. 여자는 이곳을 자주 다녔던 모양이었다. 여자의 익숙한 발걸음이 그것을 말해주고 있었다. 묻고 싶었지만 그는 좀체 입을 열지 못했다. 여자도 마찬가지일 거라 싶었다. 삶을 통틀어 모자라는 단어가 들어간 낯선 도시의 호숫길을 걸으리라는 것을 누군들 알 수 있었겠는가.

답답한 나머지 그는 아무 말이라도 지껄이고 싶은 충동이 일었다. 두 걸음쯤 앞선 여자는 돌아보지도 않고 차분히 걸어 나갔다. 그제야 영감의 말이 상기됐다. 여자가 그를 보고 싶어 했다는 것을. 단순히 같은 종족이라는 이유만으로 말이다. 그 우스꽝스러운 질문을 여자에게 던질 수는 없는 노릇이었다. 다만 생각지도 못한 일이 눈앞에 일어났다는 예감이 스쳤다. 그는 얼간이처럼 그것을 향해 다가가는 듯했다. 그는 자신의 육감을 믿는 편이었고 또 그것이 동물적이었다는 느낌에 새삼 부끄러움을 느꼈다.

"저거요."

여자의 짧은 육성이 다시 들렸다. 그는 여자가 손으로 가리키는 쪽을 쳐다보았다. 반쯤 잎을 떨구어놓은 병든 침엽수 한 그루가 서 있을 뿐이었다.

"대륙검은지빠귀새예요."

그제야 검고 윤기 나는 작은 새가 침 같은 잎 위에 올라서 있는 것이 눈에 들어왔다. 새는 그들을 향해 몇 번 탄력 있게 고개를 까닥거렸다. 눈알이 노랬다. 그는 흠칫 놀랐다. 고개를 떨어뜨리며 그가 낮게 외쳤다.

"모릅니다. 처음 봐요."

그는 단번에 부정했다. 여자도 동그란 눈으로 그를 응시했다. 그의 반응이 의외라는 듯이. 여자와 정면으로 마주하기는 처음이었다. 그는 여자가 젊다는 것에 새삼 놀랐다. 곧 어색한 침묵이 뒤따랐다. 그도 여자도 말을 잃은 채 걷기에 집중했다. 그편이 나았다.

숲길을 빠져나오자 날은 어둑해져 있었다. 시간을 도둑맞은 것만 같았다. 해 짧은 도시의 겨울날이 그는 여전히 낯설었다. 허기도 느끼지 못했다. 호수를 완전히 벗어나고서야 어둑한 기운도 사라져 버린 것을 깨달았을 정도였다. 가로등 불빛이 어둠의 분위기를 지워가고 있었다. 그는 어쩐지 억울하다는 느낌에 사로잡혔다.

해가 졌다는 이유로 동행은 또 이어졌다. 여자는 온전히 침묵 속에 빠져 있었다. 최고의 장점이라고 그는 생각했다. 말 많은 여자는 질색이었다. 이혼 조정 기간도 견뎌내지 못하고 집을 빠져나온 이유가 바로 그것이라고 그는 믿었다. 아내는 그에게 오랫동안 무시당해 왔다고 주장했고 그는 아내의 불안정한 정신 상태를 이혼 사유로 들었다. 아내는 그와 만난 것 자체를 후회한다고 했다. 만나지 말았어야 할 사람이었다고 그의 본성을 문제 삼았다. 그로서는 받아들일 수 없는 일이었다. 아내는 같은 조직에 몸담았었다. 어느 날 그는 자신의 책상에 따끈

한 차 한 잔을 아침마다 올려놓던 사람이 아내라는 사실을 알게 되었다. 두 계절에 접어들었을 때 둘은 밖에서 처음 만났다. 자연스럽게 결혼으로 이어졌다. 혼자 사는 그의 집으로 아내가 옮겨 왔고 따로 장만할 살림살이도 없었다. 아내는 일을 그만두고 싶어 했다. 왜냐고 묻지는 않았다. 견디기 쉬운 일은 아니었다. 아내는 조직의 모든 일에서 벗어나고 싶다고 했다. 아니 지긋지긋하다고 했었나. 이미 아내의 뇌 회로는 결혼하기 전부터 엉켜 버렸던 것인지도 몰랐다. 이혼을 원할 즈음 아내의 기억은 심하게 왜곡되어 있었다. 그가 바로잡으려 하면 할수록 기억의 형태는 일그러졌다. 어느 지점에선가 선이 딱 끊겨 나가 버린 사람 같았다.

평생을 길에서 떠돈 아버지를 둔 가난한 집안의 맏딸, 책임져야 할 동생들, 이른 나이에 시작한 직장 생활과 스트레스 많은 일들. 그는 월급의 상당 부분을 차지했던 처가의 잡다한 비용과 히스테리컬한 아내의 잔소리만을 변호사에게 늘어놓았다. 더구나 아내는 시모에게 냉정했다고. 어머니에게 차가운 건 그가 더했지만, 그것을 발설할 필요는 없었다.

어머니의 재가는 그의 방기로 이어졌다. 어머니의 상대는 그의 존재를 달가워하지 않는다고 했다. 그런데도 외가는 망설임 없이 어머니의 재가를 서둘렀다. 어머니 또한 얼이 빠져 버린 얼굴로 다시 면사포를 썼다. 밥상에 숟가락 하나만 올리면 된다던 외가는 3대가 모여 사는 대식구였다. 이미 병석에 누운 외할아버지도 그를 감싸줄 형편이 되지 못했다. 숟가락 하나로 존재 확인을 받았던 그는 개구리밥 같이 겉도는 신세였다.

그의 이마가 땀으로 축축해졌다. 여자의 몸도 땀으로 끈적거릴 거였다. 그는 시원한 물줄기 아래 서 있는 여자를 떠올리고 깜짝 놀랐다. 떠돌기 시작한 이래 처음으로 강렬한 생동감이 그를 에워쌌다. 아직 세상사에 속해 있다는 생각이 그를 잠시 황홀하게 했다. 그는 다시금 여자를 돌아보았다. 여자의 얼굴이 석고상처럼 굳어 있었다. 머쓱한 표정을 지은 채 그는 눈길을 돌렸다.

여자의 집은 한적한 주택가에 있었다. 하긴 도시의 집들은 늘 고요한 편이었다. 소란으로 들뜬 집안을 그는 본 적이 없었다. 여자는 집의 방 한 칸을 빌려 쓰고 있다며 오늘은 일이 없는 날이었다고 했다.

여자와 헤어진 그는 도시의 딱 한 군데 시끄러운 소로로 향했다. 엠과 통화하기 위해서였다.

밀폐된 전화부스로 들어간 그는 딱딱하고 찬 금속 재질의 수화기를 들었다. 망치를 든 것 같은 묵직함이 전해졌다. 통화음이 길게 울려 퍼졌다. 딸각. 오랜만에 듣는 엠의 목소리가 새 나왔다. 장례식이 있었다고 음산한 음성으로 전해 주었다. 그는 망자의 이름을 듣고 신음을 토해냈다.

"사라져야 할 사람이 또 있는 겁니까?"

그는 자신도 인지 못한 화난 음성을 내놓았다. 통신이 끊기자 엠으로부터 어떤 대답도 듣지 못한 것 같은 느낌이 들었다. 답을 듣기도 전에 전화가 끊겼는지 아니면 그가 먼저 수화기를 놓아 버린 것인지 기억이 나지 않았다. 그는 대책 없는 의문만 가지고 제자리에 꽂힌 수화기를 노려보았다. 하긴 그게 중요한 것은 아니었다. 부스에서 빠져나오자 바에서 흘러나오는 소란이 그의 귓전을 사로잡았다.

그는 소로를 벗어나 도시의 중심가를 향해 걸어 내려갔다. 환하고 차가운 빛을 쏟아내는 한 가게 앞에 섰다. 할 일 없는 사람처럼 그는 쇼윈도 안을 들여다보았다. 의미 없는 물건들이 눈에 들어올 리 없었다. 있을 수 없는 일을 꽤 보아온 그였기에 거기에서 의문을 멈춰야 했다. 그는 명령을 하달받는 것 외에는 아무것도 할 수 없는 처지였고 또 그렇게 되기 위해 애를 쓰며 살아온 자였다. 그렇다고 혼란이 가시는 것은 아니었다. 불안감이 가중된 그의 머릿속은 회오리바람에 감길 기미로 움찔거리기 시작했다. 그는 이를 물었다. 순간 쇼윈도 앞에 서 있는 자신의 모습이 눈에 잡혔다. 베일 듯 날카롭던 그의 눈빛은 어느새 사라지고 없었다. 눈동자는 초점을 잃은 채 풀려 있었고 몸매도 예전만 못했다. 꾸부정한 어깨와 거북살스러운 배, 더구나 방심하듯 외투 주머니 깊숙이 손을 집어넣은 그의 모습을 쇼윈도는 적나라하게 되비쳐 주고 있었다. 자신감이 꺾인 그는 겨우 입을 떼 동료의 이름을 부르며 중얼거렸다.

"편히 잠들게."

크리스마스 미사

/

성당 뒷자리에 앉은 여자를 발견했다. 까만 머리통만 봐도 알 수 있었다. 그는 빽빽이 선 사람들 사이에 끼어 여자를 향한 눈을 떼지 못했다. 성당은 도시에서 유일한 공적 장소였고 더구나 오늘은 크리스마스였다. 그는 사흘 전 이곳에 도착했고 돌아오자마자 앓아누웠다. 그를 찾아올 사람은 아무도 없었다. 외곽의 한 작은 호텔에서 밤낮으로 누워 지냈다. 이따금 시간제로 바뀌는 직원의 발소리가 귀에 잡힐 뿐 묵는 사람도 별로 없는 적막한 곳이었다. 한밤중에 화장실을 가기 위해 벽을 더듬어 스위치를 찾곤 했는데 공포가 느껴질 정도였다. 화장실은 복도 끝에 따로 분리돼 있었다. 호텔에 혼자만 묵고 있다는 느낌마저 들었다. 간단한 아침 식사가 나오고 숙박비가 싸다는 것, 사람들의 왕래가 드문 한적한 위치가 마음에 들어 선택한 곳이었다. 며칠 동안 그는 평생 경험할 악몽과 가위눌림을 한꺼번에 겪어냈다. 가까스로 정신을 차린 아침에야 거울 속에 비친 자신의 얼굴을 마주 보게 됐다. 검게 패인 눈두덩과 퀭한 볼, 듬성듬성하게 자란 수염들과 기름에 찌든 머리카락이 범죄 수배자를 연상시켰다. 호텔 주인 여자가 걸어 나오는 그를 발견하고 맙소사! 하고 호들갑을 떨었다. 괜찮냐는 물음에 그는 아팠다고만 했다. 그러자 오늘 저녁 1층 식당에서 파티가 있을 거라며 본인도 파티에 참석할 수 있다고 말했다. 어리둥절한 그의 표정을 읽은 그녀가 오늘이 바로 크리스마스라고 일러 주었다. 그는 고개를 절레절레 흔들며 자리를 피했다. 파티라고 해도 그와 어울릴 사람도 없었고 나오는 음식이라고는 진저리쳐지게 단 케이크와 포도주, 탄산수뿐일 거였다.

    그가 훌쩍 이 도시를 떠난 이유는 강박 때문이었다. 아는 사람을 만들지 말 것, 그가 지닌 첫 번째 지령이었다. 그는 벌써 두 사람이나 말을 트고 지냈고 더구나 한 명은 같은 동족이었다. 여자는 서울 말씨를 썼고 고등학교 이상의 학력 소유자일 것이다. 더 이상도 짐작할 수 있겠지만, 그는 거기서 멈추었다. 그만한 이유에도 두려움을 얻어 그는 훌쩍 몸을 피하고만 거였다. 거처를 옮겨야 한다는 강박감은 혼자만의 판단이었고 훈련받은 동물처럼 날쌔게 움직였다. 새로운 도시의 사람들은 더 두려웠다. 눈이 마주치면 그의 몸은 본능적으로 각을 세웠다. 그러다 상대의 놀란 시선을 알아채고 그는 어색한 웃음을 띠며 자리를 피하곤 했다. 이 생활이 언제까지 계속될지 말해주는 사람은 없었다. 답답함은 그에게 수치심을 안겼다. 그런 감정이 그를 평소 같지 않은 행동을 하게 만들었는지도 몰랐다.

그는 퇴행하는 걸음걸이로 이 도시로 돌아왔다. 처음 있는 일이었다. 시내의 건물들 사이로 성당 첨탑이 보이고 그곳을 향해 걷다 보면 발견하게 될 작은 공원. 고풍스러운 분수와 청동 수사슴의 입에서 떨어지는 물줄기. 소로를 따라 따개비처럼 자리 잡은 작은 바들. 퀴퀴한 냄새가 가시지 않은 곳들이 못 견디게 그립더라고, 그는 바보 같은 짓인 줄 알면서도 자꾸 이곳으로 돌아온 이유를 찾고 있었다. 그러다 성당 의자에 앉은 여자를 확인하고서야 그는 비로소 자신에게 무슨 일이 일어났는지 알 수 있었다.

여자는 암녹색 코트를 입고 어깨엔 흰 스카프를 늘어뜨리고 있었다. 아침부터 진눈깨비가 내렸기 때문에 여자는 그것을 머리에 두르고 왔을 거였다. 모자 없이 걸어 성당을 찾은 그의 머리는 이미 엉망이 되어 있었다. 물기를 털 시간도 없이 미사가 시작되었다. 늙은 신부가 미사를 집도했다. 사람들의 마음속에 감춰 놓은 죄의식을 풀어놓고야 말겠다는 듯 늙은 신부는 황황히 음성을 드높였다. 한 옥타브씩 음이 올라갈 때마다 그는 알지 못할 위기감에 사로잡혀 천사가 양각된 천장을 올려다보았다. 성당 안에서 알기 힘든 언어를 듣고 있는 여자와 그만이 완벽한 타인 같았다. 그것이 묘한 안도감을 가져다준다는 걸 그는 또 부인할 수 없었다.

 미사가 끝나자 여자가 빠져나올 때까지 그는 밖에서 기다렸다. 그새 진눈깨비는 그치고 구름 사이로 햇살이 쏟아져 나왔다. 거리가 젖어 기온은 더 쌀쌀해졌다. 그를 발견한 여자는 반가운 눈치였다. 순간 여자의 말간 눈빛이 왜 이렇게 낯이 익은지, 그는 이유 모를 불안감에 사로잡혔다. 동시에 그를 내동댕이치고 마음껏 짓밟을 수 있는 눈빛이 저런 게 아닐까 하는 생각을 거두기 힘들었다. 두려움의 실체가 여자일 리는 없었다. 다만 여자는 경멸의 눈초리로 바라보게 될 거였다. 그는 어처구니없는 자신의 자격지심에 한심한 생각마저 들었다.

 여자와 어깨를 맞대고 걷기 시작했다. 한 블록을 걸어 나갔을 때 촉이 왔다. 세 놈이나 됐다. 작달막한 놈 둘과 한 녀석은 꺽다리였다. 키 작은놈이 먼저 행동에 들어올 경우가 컸다. 그는 가볍게 여자의 어깨를 밀쳐내고 공간을 확보했다. 여자도 곧 눈치챘다. 불안 서린 얼굴을 보지 않아도 알 수 있었다. 그들도 쉽게 덤벼들지 않았다.

두 번째 블록으로 접어들었을 때 그는 그들을 기다렸다. 퇴로가 없는 작은 골목 앞이었다. 혼자라면 뛰어넘을 수도 있는 높이였지만 그럴 수는 없었다. 겁먹은 것을 드러내면 놈들이 날뛸 빌미만 줄 수 있었다. 더구나 여자까지 데리고 자신할 수 없는 일이었다. 셋은 곧 눈앞에 나타났다. 막상 마주하니까 애송이들이었다. 도구 없이 건들거리는 놈들이야 무서울 게 없는 그였지만 문젯거리를 만들 수는 없었다. 그는 거주증 없이 이 도시에 머무르고 있었다.

한 녀석이 바닥에다 퉤! 침을 뱉었다. 키가 큰 놈이었다. 센 척하는 놈일수록 그랬다. 동시에 놈의 입에서 나온 말이 더러운 욕이라는 것을 알았지만 그는 되받아치진 않았다. 본보기로 앞에 어리버리한 표정이 역력한 녀석의 발을 거칠게 걷어냈다. 쿵 하고 자빠지는 녀석을 두고 뒤에 선 놈을 향해 걸음을 옮기는데 둘이 엉거주춤한 자세로 도망치기 시작했다. 서너 걸음 뒤쫓는 시늉만 하다 말았다. 돌아오니 자빠졌던 놈도 사라

크리스마스 미사 _____ 25

지고 없었다. 하얗게 질린 여자의 발아래로 스카프가 흘려내려 있었다. 그는 스카프를 집어 여자에게 건넸다. 싱겁게 끝났다는 뜻을 담은 얼굴로 여자를 쳐다보았지만, 여자는 어쩐지 그를 비난하는 표정이었다.

"바보 같은 짓이었어요."

녀석들을 일컫는 것인지 아니면 그를 두고 하는 소린지 알 수 없었다.

"오늘 같은 날 성당을 가다니요."

여자가 울먹이듯 중얼거렸다.

둘은 도시의 가장 넓은 도로를 가로질러 호숫길로 접어들었다. 질척한 흙길을 피해 보도로 접어들기 위해 서둘러 걸었다. 꽤 걸어선지 그는 등허리가 축축해졌다. 여자도 더러워진 스카프로 이마를 눌렀다. 둘이 만났던 장소에 도착했을 때 영감은 보이지 않았다.

"크리스마스니까요."

여자의 입가에 안타까운 미소가 흘렀다. 그는 여자가 가련해서 미칠 지경이었지만 애써 감정을 눌렀다.

"이제 가봐야겠어요."

여자는 그만 발길을 돌리고 싶어 했다. 그 역시 더 걸을 자신이 없었다. 대신 여자를 향해 무슨 말이라도 하고 싶었지만 무슨 말을 해야 할지 알 수 없었다. 뻣뻣한 몸짓으로 여자를 에스코트해 왔던 길을 빠져나왔다. 걸으면서 오늘 밤 그가 묵는 호텔로 와서 함께 하지 않겠냐고 말할 뻔했다. 달고 찐득한 케이크 한 조각도 괜찮지 않냐고, 술잔도 기울이고 남들처럼 웃고 떠들며……. 하지만 그는 입 한 번 뻥긋하지 못했고 발걸음은 어느새 여자의 집 앞에 도착했다.

여자의 집 문 앞에는 크리스마스 알전구들이 다투듯 깜빡거리고 있었다. 여자는 잠깐 넋을 놓고 전구를 바라보았다. 벌써 해가 지고 있었다. 유난히 해가 짧게 느껴진 하루였다. 여자는 다시 울음이 터질 것만 같은 표정으로 그만 들어가고 싶다고 말했다.

여자가 문 안으로 사라지자 그는 놓쳐버린 새를 바라보는 기분이었다. "바보같이." 그의 중얼거림은 아무런 대답을 얻지 못했다.

발걸음은 소로로 향했지만, 전화를 걸 수 있는 날이 아니었다. 바의 문도 닫혀 있었다. 다만 그는 익히 알 만한 사람을 발견했다. 호숫가의 영감이 문 앞에 비스듬히 기대앉아 있었다. 당연히 취해 있었다. 오래되고 칙칙한 외투 깃 위로 붉게 변한

코가 삐죽이 얹혀 있었다. 기름기가 완전히 빠져버린 뻣센 은발은 그를 더러운 짐짝처럼 보이게 했다. 잠시 뒤 영감도 정신을 차려 그를 알아보았다. 오늘은 아무 곳에서도 술을 마실 수가 없는 기적의 날이라고 외쳤다. 영감의 입에선 싸구려 위스키 냄새가 풀풀 풍겼다. 그는 오늘 이 도시에서 아는 사람들을 차례로 만난 셈이었다. 곧 영감은 그가 한마디 할 새도 없이 옆으로 쓰러져 뻗어 버렸다. 그는 그곳에서 빠져나왔다. 경찰이라도 만나게 된다면 큰일이었다. 그에겐 자신을 설명해 주는 아무런 증빙 서류도 없었다. 그런 걸 깨닫게 될 때마다 그는 밀폐된 공간에 갇힌 생물체가 된 듯한 답답증을 느꼈다. 좋은 조짐은 아니었다. 오늘은 특히 그랬다. 몇 걸음 걸어가다 돌아보니 영감은 다시 바 문에 비스듬히 기대앉아 있었다. 한기가 느껴졌다. 어두운 거리는 완전히 텅 비어 있었다. 그는 영감에게로 돌아갔다.

영감의 집으로 가는 길은 멀었다. 아니 충분히 멀게 느껴졌다. 전적으로 그에게 의지하려 드는 영감의 덩치를 감당해야 했고 몇 발짝 떼다 다시 힘을 빼버리는 바람에 그는 또 한참을 기다려 주어야 했다. 몸에선 벌써 땀이 차올랐다. 영감은 숨죽였다 소생하는 짐승 같았다. 하긴 그렇지 않았다면 벌써 죽었을 목숨이었다. 그는 기분이 더러워졌다. 그가 기다려 주어야 했던 인물들이 연상됐기 때문이었다. 짐승 같은 울부짖음을 들어야 했던 그도 힘들기는 마찬가지였다. 공포를 조장하는 게 그의 일이었고 또 성과를 거둬야 할 일로 분류되었다. 여러 번의 표창이 그걸 증명했다.

그는 한숨을 내쉬었다. 어둡고 작은 건물 앞에 도착해서야 영감은 횡설수설 아라비아 숫자를 읊조렸다. 기억하고 있다는 것이 신기할 정도였다. 하긴 자신의 집을 찾아갈 기력은 남겨 뒀기에 여태껏 생존할 수 있었을 것이다. 건물의 문을 통과하자 곧바로 계단이 보였다. 질린 표정으로 그것을 올려다보는데 영감이 그의 몸을 벽으로 밀었다. 이런 곳에 승강기가 있나 싶을 정도였다. 영감을 데리고 계단까지 올라야 했다면 그는 도망쳤을지도 몰랐다. 문짝을 옆으로 밀자 고문실 같은 작은 승강기 내부가 드러났다. 울긋불긋한 천으로 뒤덮인 그곳은 마술을 위해 설치한 작은 공간 같기도 했다. 영감과 그의 몸이 실리자 실내가 꽉 차 보였다.

영감의 방은 4층이었다. 문도 잠그지 않고 다니는 모양이었다. 안으로 들어가자 영감의 덩치를 담기에는 작은 매트리스가 한눈에 잡히고 주위에는 온통 너저분한 짐들이 방치된 듯 널려 있었다. 잡다한 물건들이 많아 상대적으로 매트리스가 작게 보이는 건지도 몰랐다. 먼지 앉은 잡지들과 엘피판과 턴테이블, 술병들과 낡은 옷들이 뒤엉켜 있고 맞은편 부엌에는 작은 나무 도마가 놓인 간이 조리대와 몇 안 되는 접시들이 그의 궁색한 살림살이를 드러내 주었다. 앞에 놓인 작은 식탁이 이 집에서 유일한 가구로 보였다. 그는 단 하나의 의자를 갖춘 식탁을 물끄러미 응시했다. 영감이 저곳에 앉아 얼마나 오래 일상의 시간을 견뎌 왔을지 짐작이 가게 하는 물건이었다.

매트리스에 눕힌 영감이 정신이 드는지 벌떡 일어나 앉았다.

"친구를 그냥 보낼 수야 있나."

영감이 손가락으로 벽장을 가리켰다. 그는 벽장을 열고 안에 든 위스키병을 영감에게 가져다주었다. 노란 액체가 얼마 남지도 않은 병이었다. 술잔은 침대에서 손을 뻗으면 잡을 수 있는 위치에 놓여 있었고 유리잔 안에는 누런 물때가 껴있었다. 방안을 차지하고 있는 모든 것들이 청결과는 거리가 멀었다. 그는 오늘 밤 경험하는 모든 것에 다시금 기분이 더러워졌다. 여기까지 온 자신이 새삼 한심할 지경이었다. 그는 그만 가야겠다고 말하려 했다. 영감이 그의 손목을 잡았다. 취한 사람 같지 않은 악력이었다. 갈퀴에 걸린 모양새로 그는 엉거주춤 영감의 곁으로 끌려갔다.

"저길 봐."

영감이 턱을 올려 벽의 한 공간을 가리켰다. 누렇게 바랜 벽 위에 신문 두 조각이 얌전히 붙어 있었다. 그는 가까이 다가가 그중 한 조각을 들여다보았다.

달이 김, 1987년 6월 16일 시립병원에서 사망
나이 미상
유족 없음
장례식은 시 묘원 10시

타원형의 사진은 잉크 자국이 휘발돼 흐릿한 형태만 남아 있었다. 윤곽만으로 성별이 짐작될 정도였다. 물론 그는 그녀가 누구인지 알 수 없었다. 사진 속의 여자가 누구든 대체 그와 무슨 상관이란 말인가. 순간 영감의 아내인가 하는 생각이 스쳤다.

"그녀는 결혼하지 않았어, 암!"

그의 속을 짐작이나 하듯 영감이 외쳤다.

"신념이었지. 강했어."

그는 아무런 대답할 말을 찾지 못했다.

"진짜 사람 같은 여자였어. 여기 사람들은 모두 한때 거짓말쟁이였어. 나는 거짓말쟁이가 아니야. 거짓말 같은 시간을 보내고 살아 돌아왔는데 어떻게 거짓말쟁이가 될 수 있겠어. 달이도 같아. 우리는 서로를 알아보았지."

횡설수설 말을 늘어놓고 영감은 더는 참을 수 없다는 듯 침대에 벌렁 드러누웠다. 작고 낮은 침대 위에 누운 영감의 큰 어깨가 소의 뼈를 보는 것처럼 횅뎅그렁해 보였다. 영감이 한사코 그에게 친절했던 이유가 여기에 있었던 것일까. 혈통이니 종족이니 하는 낱말들이 다시금 떠올랐다. 그는 문득 달이 김이라는 여자가 궁금해졌다. 그는 아래에 남아 있는 기사를 훑어내렸다. 또 하나의 신문 조각은 군복을 차려입은 여러 남자가 서 있는 사진이었다. 훈장을 단 노인들도 보였다. 그중 한 명이 영감이라는 것인지 사진으로는 쉽게 분별이 되지 않았다.

다시 모인 2차세계대전 참전군.

글자와 숫자만이 또렷하게 알아볼 수 있었다. 펜글씨로 덧입혀 놓았기 때문이었다. 밑에 놓인 액자는 영감의 젊은 시절 사진으로 보였다. 상반신을 드러낸 잘생긴 청년이었다. 세상 근심 없어 보이는 맑은 얼굴. 저 사진을 찍어놓고 청년은 세계대전의 전투 속으로 뛰어들어갔을까. 생각해 보지도 못한 경험을 하고 아직도 혼란에서 빠져나오지 못하는 것은 아닌지. 술을 마셔야 할 이유도 그것에 있지 않을까 하는 짐작을 해보았다.

이제 그는 적막만 남은 방에서 물끄러미 영감을 내려다보며 오늘이 크리스마스라는 것을 상기해 냈다.

미사가 끝난 뒤 여자는 세 명의 애송이들에게 봉변을 당할 뻔했다. 그들이 여자를 노렸다는 건 분명한 사실이었다. 그들이 뱉은 욕설이 여자의 성기를 뜻한다는 것 정도는 그도 알고 있었다. 오는 게 아니었어요. 금방이라도 울음을 터트릴 것만 같았던 여자의 얼굴이 떠올랐다. 그는 노란 액체가 담긴 위스키병을 집어 올렸다. 한 잔은 될 양이 남아 있었다. 한 모금을 들이켜자 식도가 후끈 달아올랐다. 역겨운 맛이었다. 그는 남은 한 모금도 마저 들이켰다. 이내 가슴 언저리가 뜨끈해지고 어찌 된 일인지 몸도 마음도 착 내려앉았다. 그는 뒤로 무슨 말을 갖다 붙여야 할지 머뭇거렸다. 술? 크리스마스? 그는 그렇게 두 단어를 차례로 내뱉었다. 어떤 말보다 오늘 같은 날 혼자 지내지 않았다는 것이 위안이 됐다. 그는 영감의 식탁 의자에 걸터앉았다. 생각보다 편안한 의자였다. 넋을 빼고 그는 한동안 그러고 있었다. 곧 자신도 모르게 고개를 숙이고 잠에 빠져들었다.

김달이

/

　호수에서 만난 여자와 얘기를 나누게 되었다. 길게 대화를 하기는 처음이었다. 그날따라 여자는 말이 많았다. 아니 말을 하고 싶어 했다. 김달이에 대해서였다. 여자가 언제부터 김달이에 대해 알고 있었는지는 몰라도 그보다 먼저인 건 분명했다. 물론 그도 김달이가 어떻게 여기까지 와서 살게 되었고 또 죽게 됐는지 궁금하지 않은 것은 아니었지만 그렇다고 무엇을 더 알고 싶은 마음은 없었다. 그는 여자 앞에서 그것을 알아 무얼 하겠냐고 말하고 싶은 충동을 눌렀다. 한계를 뛰어넘어 살아남은 사람들의 이야기야 늘 있기 마련이었다. 그 역시 같은 연장선 위에 있고 싶었던 것인지도 몰랐다. 그는 여자에게 개인이 처한 상황과 프라이버시에 대해 말했다. 물론 저변에는 어떤 문제도 만들고 싶지 않은 이유가 도사리고 있었다. 여자는 포기를 모르는 불굴의 인물처럼 맹렬하게 얘기했고 또 생각하는 얼굴을 보여주었다.

"이건 아닌 거 같아요."

하마터면 그는 그럼 어쩌겠다는 겁니까 하고 말할 뻔했다. 대신 그는 주정뱅이 영감의 말만 듣고 어찌할 수 있는 일은 아니지 않냐며 에둘러 말했다.

"원치 않을 수도 있지요. 숨어 산 세월이 그걸 말해주는 겁니다."

"달이 할머니를 아는 사람이 있을 거예요. 할머니에 대해 말해 줄 수 있는 사람이."

"세월이 많이 흘렀어요."

"왜 그렇게만 생각하세요?"

여자의 질타하는 듯한 질문에 그는 아무런 대답도 하지 못했다. 다만 여자에게 이런 면이 있구나, 놀랐을 뿐이었다.

그는 낯선 도시에서 한 이방인의 개인사를 들추어내는 일에 회의적이었다. 그의 처지에 그것을 어떻게 행동으로 옮긴단 말인가. 김달이에 대해 알고 있는 사람들도 많지 않을 만큼 시간도 흘렀고 김달이에 대해 안다고 해도 피상적인 관계에 지나지 않을 것이다. 누가 이방의 그녀에게 지속적인 관심을 기울여 주고 있었겠나 싶었다.

"동네에 들어온 떠돌이 여자를 기억해 주는 사람이 많지 않을 거요."

그가 퉁명스럽게 덧붙였다.

"기록이 있대요. 여기 사람들은 기록에 강하다고 들었어요."

그건 사실이었다. 이 도시 사람들은 대체로 책벌레들이었다. 실내든 실외든 어디에서나 책을 들여다보고 있는 풍경은 흔했다. 들판에 드러누워 편안한 자세로 책에 빠진 사람들의 모습을 그도 경이롭게 바라보곤 했다. 전차 안에서 책을 읽다 하차할 곳을 놓친 사람들이 허둥거리는 모습도 종종 볼 수 있었다. 그런 사람들이라 쓰기도 좋아하는 것인지 수첩이 잘 팔린다고 들었다. 그곳에 별의별 것을 다 기록하는 것이 여기 사람들인지 동네 서점에도 많은 종류의 수첩을 팔았다. 공연히 그도 수첩 두어 개를 심심풀이로 산 적이 있었다. 물론 아직도 백지 상태지만. 그는 어떤 기록도 좋아하지 않았다. 직업상 그의 영역도 아니었다. 조직에서도 그는 늘 지워져야 할 존재였다.

여자와의 대화로 그는 피곤함이 몰려왔다. 그는 건성으로 고개를 끄덕였다.

"죄송해요."

그의 얼굴을 빤히 올려다보던 여자가 사과했다. 여자의 눈에 물기가 스며 있었다. 그는 그 모습에 가슴이 아파 괜찮다고 대답하고 말았다. 그는 여자를 위해 김달이에 대해 알아봐 주겠다고, 뭐라도 할 수 있을 거라는 얼토당토않은 말을 늘어놓았다. 물론 그는 그런 행동을 할 수 있는 처지에 있지도 않았다. 그런데도 그런 것이 아무 문제도 되지 않는다는 듯 여자를 위로하고 있었다. 한편으로는 자신이 정신이 나갔나 싶었다. 헤어날 수 없는 구덩이로 점점 빠져들고 있다는 예감도 스쳤다. 한편으로 이런다고 뭘 어쩌겠나 하는 생각이 들지 않는 것도 아니었다. 그는 이제 가보지 못한 길로 접어들고 있다는 생각이 분명히 들었다. 여자와 헤어져 돌아오는 길에 오랜만에 엠이 생각났다. 발걸음은 자연스럽게 소로로 향했다.

전화는 불통이었다. 연결되지 않는다는 소리만 흘러나왔다. 통화할 수 없는 무슨 일이 일어났다는 것인지 아니면 그와의 통화를 원하지 않는다는 것인지 그로서는 알 길이 없었다. 엠과의 단절은 단 하나 남은 연락선이 끊긴 거나 다름없었다. 예전 같으면 물속에서 구명대를 잡듯 필사적으로 전화 통에 매달렸을 거였다. 본능은 그에게 마음을 졸여야 한다고 말하고 있었지만 어찌 된 일인지 돌아오는 길에 그는 속 편한 사람처럼 휘파람을 불어 젖혔다. 물론 자신도 모르게 나오는 소리였다. 귀에 익은 동요 가락에서 시작해 오래된 트로트 일부로 끝나는 게 다였다. 군대 시절에서 비롯되었다. 무슨 일을 시작하기 전에 제딴에는 긴장을 완화하기 위해 내는 소리였을 것이다. 다만 그는 크게 인지하지 못했다. 중요한 일도 아니었고. 그러나 누군가는 그것을 문제 삼았다. 그를 세상 밖으로 끄집어낸 것도 바로 그 휘파람 소리였다. 나중에는 휘파람 소리만 들리면 몸이 먼저 알고 경련을 일으켰다고, 소리가 끊기면 곧바로 차가운 저승사자의 손길이 다가왔노라며 지금도 환청으로 들리는 휘파람 소리에 귀를 틀어막고 문고리를 잡고 울부짖노라고 했다.

그때 그는 처음 알았다. 휘파람이 자신의 시그널이었다는 사실을. 하긴 그런 일은 남들이 먼저 알아채는 법이었다. 그는 조금 억울하기도 했다. 그는 휘파람 부는 걸 썩 좋아하지도 않았을 뿐더러 그가 불렀다는 트로트 자락을 잘 알지도 못했다. 그냥 무의식에 불어제치는 소리에 불과했다.

활자의 파급은 시간의 속도를 단번에 넘어섰다. 그는 세상에 다시 없을 놈이 되어버렸다. 곧 또 다른 인물이 표면으로 올라와 그가 했던 일을 증언하기 시작했고 문고리를 잡고 울부짖었다는 놈을 도와 무슨 대책위원회를 만들었고 언론까지 나서서 그의 신상을 까발리기 시작한 것이다. 책임자의 문책이 하달돼 내려오는 것이 다음 절차였다. 늘 그래 왔으니까. 잠잠히 숨죽이고 있으면 될 줄 알았다. 늘 그래 왔으니까. 세상이 달라졌다고? 우습지도 않았다. 통치자가 바뀌어도 원하는 것은 다르지 않았다. 조직은 명칭만 달리할 뿐 그대로 살아남았다. 그때까지만 해도 제자리로 돌아가지 못할 거라고는 생각하지 못했다. 그를 필요로 하는 때가 금방 오리라 믿었다. 언제나 그래 왔으니까.

그러나 그는 지금 여기 먼 도시로 와 있다. 자신도 모르게 휘파람을 불어제치며. 우습지도 않았다. 조직이 덧씌운 멍에에 말 잘 듣는 소가 되어 버린 인간. 고삐를 쥐고 흔들면 움직일 수밖에 없는 인간. 믿기 싫어도 그는 그저 그런 인간이었을 뿐인데. 그런 처지의 그가 여자가 안쓰러워 그녀를 도와줄 궁리로 영역 밖의 대답을 늘어놓는 인간이 되어 있었다. 여자의 눈물에 마음이 약해져 어찌할 바를 모르는 남자가 되어버렸다. 그는 지금이라도 조직의 하달이 있으면 금방 비행기를 타고 날아가야 할 사람이었다. 그렇게 되리라는 것을 믿어 의심치 않는 사람이었다. 그런 그가 왜 여기서 이렇게 얼토당토않은 일에

연루되려 하는지. 그는 자신이 이런 일을 할 사람이 아니라는 사실을 다시금 깨달았다. 그런 만큼 자신의 무능력에도 화가 치밀었다.

작고 납작한 판돌

/

　며칠 뒤 그는 여자를 전차 역에서 보기로 했다. 역 모퉁이에는 장의 가게가 있었다. 지나가다 가끔 걸음을 멈추곤 하던 곳이기도 했다. 아름다운 꽃들이 장식된 유리창 너머로 어두운 실내가 커튼으로 차단돼 있었다. 그 안에 여러 종류의 관이 전시되어 있다는 것을 그는 알고 있었다. 가끔 그는 티크 장처럼 매끈한 관의 감촉을 어루만지는 꿈을 꾸다 깜짝 놀라 깨곤 했다.

　그곳에 처음 들어가 본 날도 우연이었다. 도시에 온 지 얼마 되지 않았고 그는 도시의 중심가를 찬찬히 걸어 내려가는 중이었다. 아마 그날이 처음이었을 것이다. 해질녘이 아닌 낮의 거리를 걷던 때가. 오늘처럼 햇볕이 내리쬐던 날이었다. 그는 장례 물건들을 파는 곳이라는 것도 모르고 문을 밀었다. 그림

속 정물처럼 고요하게 잠겨 있는 가게의 모습에 궁금증을 느꼈던 건지도 몰랐다. 딸랑, 하는 종소리가 나자 어둠 속에 키가 유난히 작은 남자가 천천히 시야에 들어왔다. 남자는 검은 양복과 검은 넥타이를 매고 관 사이에 낀 듯이 서 있었다. 아이 같기도 하고 성인 남자 같기도 한, 나이가 읽히지 않는 얼굴이었다. 그는 잘못 들어왔다고 말을 더듬었다. 남자는 아무런 문제가 없다며 미소 지었다. 따스한 말투였다. 어쩌면 남자를 잊지 못하는 것이 목소리 때문인지도 모르겠다. 당시 그는 누구에게도 그런 다정한 말을 들어보지 못한 상태였다.

오늘도 그날처럼 볕이 내리쬤다. 겨울 같지 않게 따스한 날이었다. 이곳은 그렇다고 했다. 하루에 사계가 공존하는 날도 있었다. 한여름에도 서늘한 기운이 가시지 않는 날도 있고 갑자기 진눈깨비가 몰아친다고도 했다. 따스한 햇볕 아래 그는 여자를 기다리고 서 있었다. 그는 약간 조바심을 느꼈다. 안으로 들어가서 다시금 남자를 만나보고 싶다는 생각이 들어서였다. 당신의 따스한 말투를 기억하고 있다고, 그를 기억할 수 있겠냐고 묻고 싶었다. 물론 그의 몸은 움직이지 않았다. 저만치서 걸어오는 여자가 눈에 잡혔기 때문이었다. 그는 생각에서 빠져나와 여자를 향해 미소 지으려 했다. 가게 안의 남자가 그랬던 것처럼. 생각만큼 얼굴 근육이 풀리지 않았다. 그는 딱딱하게 굳은 표정으로 여자를 맞았다. 여자가 공원묘지는 마지막 정류장이며 내려서도 한참 더 걸어가야 하는 외곽이라고 알려주었다. 가본 적이 있는 말투였다. 그는 조용히 듣고만 있었다. 전차는 곧 왔다. 전차는 도시의 마을을 이어주는 오래된 교통수단이었다. 정류장들은 바투 있었다. 얼마 가지도 않아 마지막 정류장에 도착했다. 역에서는 묘원이 보이지 않았다. 역을 빠져나오자 긴 돌담이 끝없이 이어져 있었다. 돌담 안에는 저택들이 자리 잡고 있었다. 성처럼 보이는 집도 있었다. 사람이 살지 않는 것인지 아니면 사람들의 눈에 띄지 않게 지어진 것인지 적막하리만치 고요했다. 가끔 보게 되는 큰 자물쇠가 달린 문이 공룡의 깊은 입처럼 저택의 분위기를 한층 어둡게 만들었다. 둘은 칠이 벗겨진 초록색의 표지판을 따라 걸었다. 공원 안엔 동굴 교회가 있다고 여자가 말해주었다. 자신은 그곳에 가 본 적이 있다고 했다. 여자가 가톨릭 신자인지도 모르겠다. 하긴 신자가 아닌 그도 가끔 성당을 찾았다. 성당은 도시의 유적지이자 관광자원이었다. 여자는 종교 박해가 심해졌을 때 사람들은 동굴 속으로 숨어들었다고 했다. 그들은 작은 망치와 끌로 바위를 파고 더 깊은 공간을 만들어 들어갔고 그곳에서 미사를 드릴 제단도 만들었다고 했다. 어쩌면 묘지 터도 그때쯤 만들어진 것인지도 몰랐다. 순교자들의 피로 시작된 하나의 구덩이로부터. 김달이가 여기 묘지에 묻혔다는 것도. 그도 알고 있는 사실이었다. 뒤로 여기 사람들은 너나없이 이곳에 묻혔을 거였다. 김달이 묘지로 같이 가 줄 수 있겠냐고 여자가 말했을 때 그는 버릇처럼 잠시 미적거렸다. 이내 자신이 못된 남자가 된 것만 같아 부끄러웠다.

"여기서 삼십구 년을 사셨대요. 이곳에 왔을 때의 할머니 나이보다 더 오래 여기에서 사셨겠지요?"

그는 여자가 궁금해서 묻는 것은 아니라는 생각이 들었다.

"자신이 전혀 알지 못하는 곳으로 인도되는 사람들이 있어요. 나는 알아요. 그런 사람들이 있다는 사실을 말이에요. 달이 할머니도 그런 경우가 아니었을까요?"

여자가 수긍을 바라는 듯 그를 올려다보았다. 그는 건성으로 고개를 끄덕였다. 김달이를 떠올렸다. 전쟁이 끝나고 이 도시 저 도시를 홀로 떠도는 여자를. 어느 도시나 여자를 필요로 하는 곳은 있기 마련이었다. 전쟁을 경험한 도시의 남자들은 더욱 술에 탐닉했을지도 몰랐다. 가족을 잊고 자신을 잊고 싶어서, 어렵게 번 품삯을 술집에서 탕진하는 남자들을. 납작한 보퉁이를 풀고 낯선 술집에서 억센 남자들을 상대하는 여자를. 그리곤 어느 날 훌쩍 다른 도시로 도망치듯 사라진 여자를. 자신을 품어줄 작고 한적한 도시를 찾기까지 김달이의 여정은 녹록지 않았을 것이다. 그는 남자로서 생각할 수 있는 상상력으로 김달이를 그려냈다. 여자는 김달이에 대해 무엇을 떠올릴지 알 수 없었다. 묻지 않았으니까. 여자를 만나면 늘 무장해제되는 듯한 느낌이 들어 곤혹스러웠다. 그야말로 빨리 여기를 벗어나야 했다. 물론 그는 말할 상대가 없었던 지난날들의 기억을 악몽으로 갖고 있었다. 악몽의 기억이 그를 여자 곁에 붙잡아 매고 있다는 생각은 아직 해보지 못했다. 그렇게 그는 하나둘 자신의 새로운 면을 알아가고 있는 셈이었다.

김달이는 이미 죽은 사람이었다. 그녀에 대한 감정도 거기에서 멈춰야 했다. 골치 아픈 일을 만들 수 없었다. 그로서는 여자의 턱없는 관심이 부담스러울 뿐이었다. 한편으로 김달이가 있어 여자와의 관계를 이어갈 수 있었다. 공통관심사가 생긴 셈이었으니까. 그는 그걸 놓기가 쉽지 않았던 것이고. 순간 그는 경계하고 살았던 실체를 맞닥뜨린 느낌에 정신이 번쩍 들었다. 자신의 변화만큼 무서운 것은 없었다. 이제 엠과는 연락조차 되지 않았다. 엠 또한 어디론가 치워진 것인지도 몰랐다.

엠이 그의 전화를 달가워하지 않는다는 것은 이미 알고 있었지만 그건 그가 해야 할 일이라고 생각해 왔다. 그는 한 번도 상부의 명령을 어겨 본 적이 없었고 그것이 자부였고 명예로 알고 살아왔다.

"돌아갈 생각은 해보지 못했을까요?"

여자의 의문이 천진하게 들렸다. 돌아가지 못할 이유야 누구에게나 있기 마련이다. 김달이에게도 그에게도. 여자도 마찬가지일 거였다.

"돌아가기에는 너무 많은 것을 겪었을 겁니다."

그는 담담하게 내뱉었다.

그와 여자는 상수리나무 숲으로 들어섰다. 양쪽 길가로 묵은 낙엽이 수북이 쌓여 있었다. 도로에도 낙엽이 뒹굴고 있었다. 젖은 잎사귀가 밟힐 때마다 미끄러웠다. 조심스럽게 걸어도 구두를 신은 여자의 발걸음은 때때로 비끗거렸고 그때마다 그는 여자를 잡아주어야 했다. 할 수 없이 어느 순간부터 손을 잡고 걸었다. 작고 여린 생물 같은 감촉이었다. 순간 그의 가슴께가 따스해졌다. 그 뒤로 왜 흉통이 스쳐 지나갔는지 모를 일이었다.

곧, 잘 조성된 길이 나왔다. 자잘한 돌이 깔린 오솔길이었다. 돌을 밟을 때마다 쇠사슬을 끌고 다니는 것 같은 소리가 났다. 멀지 않은 거리에 비석들이 모여 있는 장소가 보였다. 철근을 꼬아 만들어 올린 십자가들이 공중을 향해 찌르듯 서 있었다. 저마다 각도를 유지하고 있는 그것들은 멋스럽기도 했지만, 한편으로 괴기스럽기도 했다.

"할머니의 흔적을 더 찾을 수 있으면 좋을 텐데요."

여자는 또 말했다. 조용하던 여자가 왜 이렇게 남의 일에 관심이 많은지 짜증나는 일이 아닐 수 없었다. 하지만 여자의 말을 거부할 이유도 자신도 없어 그는 또 입을 다물었다.

E 구역 121번.

묘지 지도를 보고 있는 여자가 손가락으로 가리켰다. 그들은 갈림길을 택해 더 좁은 오솔길로 접어들었다.

판돌은 땅에 파묻혀 있었다. 하마터면 그냥 지나칠 뻔한 위치였다. 판돌 위에 젖은 나뭇잎들이 잔뜩 들러붙어 있었기 때문이다. 여자는 그중 큰 잎사귀를 골라 그것들을 훑어냈다. 역부족이었는지 결국 손을 댔다. 다발성 작은 벌레가 판돌 위에서 순식간에 흩어졌다. 벌레의 종류도 한 가지만이 아니었다. 지렁이도 보였다. 여자는 손을 움츠렸지만 하던 행동을 멈추지는 않았다. 곧 생몰 연도가 드러났다. 탄생 연도는 비어 있었다. 자신이 언제 태어난 줄도 모르는 사람이었을까. 아니라면 기억하고 싶지 않은 것인지도 몰랐다.

　영감은 김달이가 말이 없는 여자였다고 했다. 도무지 나이 들지 않는 여자였다고도 했다. 그는 믿지 않았다. 말이 없는 여자가 아니라, 말이 필요치 않은 여자가 아니었을까. 작고 여린 동양 여자를 바라보는 덩치 큰, 피부색 다른 남자의 시선이 그려졌다. 그가 김달이의 나이를 어림짐작해 보는 사이 여자는 김달이가 묻혔을 땅을 가만히 내려다보고 있었다. 겹치지 않고서야 누워 있을 만한 공간이 아니었다. 그는 땅속에 지그재그로 놓여 있는 나무 상자들의 설계를 떠올렸다. 작고 보잘것없는 관이 크고 웅장한 것 사이에 끼어 있는 환영이었다. 하긴 그것도 흐물어져 흔적만 남아 있을까. 살아 좋은 날이 있기나 했을까. 그의 동정을 비웃거나 하듯 좋은 곳이네요, 이곳은. 조용하고 아늑해요. 일어선 여자가 주위를 돌아보며 말했다.

　김달이의 묘지에서 바위로 만든 교회는 보이지 않았다. 정확하게는 바위를 깎아 만든 곳이었다. 바위를 깎아 신을 모실 장소를 만든 사람들. 여자는 그곳에 다시 가고 싶지는 않다고 했다. 아니 오늘은 가고 싶지 않다고 했던가. 그 말을 하고 여자의 입은 조가비처럼 닫혀 버렸다. 고집이 새겨 있었다. 그는 처음 만났을 때 조용하던 여자의 인상이 떠올려졌다. 만만한 여자가 아니었다. 그런 여자였다면 이 도시까지 오지도 않았을 것이다. 그는 자신의 방심을 처음으로 인정했다.

묘지에서 얼마나 머문 것일까. 사람 그림자조차 보이지 않는 적막한 장소였다. 그래서인지 시간을 짐작하기도 힘들었다. 해도 피해 가는 어두운 숲속의 분지 같은 곳에 죽은 자들이 고요히 잠들어 있었다. 여자는 이곳이 마음에 드는 모양이었다. 여자는 다시 쪼그리고 앉아 김달이의 작고 납작한 판돌을 몇 번이고 어루만지다 쓸어 내곤 했다. 위무의 행위 같기도 한 그것은 경건해 보이기조차 했다.

둘은 구시가지의 초입에서 헤어졌다. 여자가 원했기 때문이었다. 급하게 갈 곳이 있다는 표정이었다. 여자는 침울해 보였다. 오늘따라 걸음을 재촉하는 여자가 의아했지만 그는 묻지 못했다. 아니 물을 수 없었다. 여자도 그에 관해 묻지 않았다. 둘은 서로에게 의문을 품지 않기로 약속한 사람들 같았다. 사실 그 부분에서 그는 자신이 없었다. 여자가 정말 그에 대한 의문을 버렸을까. 죽은 자에 대한 의문에는 고집스럽도록 집착하는 여자가 말이다. 그는 두려웠다. 때가 되면 여자는 어떤 말이라도 하게 되어 있는 사람 같았다. 그는 가까스로 그것을 막

아내고 있는 사람이었고. 그는 다시금 두려움의 실체를 맞닥트린 듯한 기분에 사로잡혔다.

    여자와 헤어진 남자는 서둘러 한 곳을 향했다. 바의 문은 닫혀 있었다. 이른 시간이기는 했다. 갑자기 동굴 속처럼 어두운 실내가 견딜 수 없게 그리웠다. 담배 찌든내와 위스키 냄새가 밴 의자에 등을 기대고 앉아 한잔 걸치고 싶다는 심정이 간절해졌다. 소금에 전 땅콩 맛도 침을 돌게 했다. 바의 바닥은 땅콩껍데기가 수북이 쌓여 사람들이 발걸음을 옮길 때마다 서걱서걱 소리를 냈다. 그는 주로 스카치 온더록스를 시켰는데 맛이 좋았다. 그가 주문하면 바텐더는 유리잔을 집어 흰 수건으로 돌려 닦으며 술주정꾼, 하고 빈정대듯 놀려댔다. 그곳에서 취하도록 마셔본 적이 없었는데도 말이다. 그가 늘 혼자 온다는 것을 빗댄 말인지 아니면 취하도록 마시지 않는 것을 조롱하는 말인지 그로서는 알 도리가 없었다. 그러다 얼마 전 그 말이 친근함을 드러내는 의미라는 것을 알게 됐다. 단골이라는 뜻이었다. 그러고 보니 이 도시에서 바텐더도 그를 기억하고 있었다. 근육이 불룩한 팔뚝을 드러낸 채 위스키를 따르고 작은 집게로 레몬 조각을 띄워 올리는 바텐더는 카운터 너머 최적화된 사람처럼 보였다. 애인처럼 보이는 남자도 가끔 그를 찾아왔다. 둘은 만나는 순간 볼을 맞댔다. 그는 공연히 바텐더를 얕잡아 보기도 했다. 바텐더가 권하는 술도 두어 번 마셔 봤지만, 그에게는 맞지 않았다. 밤새 신경이 곤두서 두통까지 따라왔다. 그런 밤이면 내일 당장 달려가 술 안에 무엇을 넣었냐고 따져 묻고 싶었다. 물론 다음날이 되면 절대 행동으로 옮길 리 없는 생각일 뿐이었다. 그의 존재를 이 도시에 각인시킬 행동을 할 수도, 해서도 안 될 일이었다. 그는 그저 조용히 있다가 아무도 모르게 떠나면 되는 사람이었다. 술은 그가 원하는 것을 시키면 그뿐이었고, 다른 술집을 찾아간다면 또 한 명의 아는 얼굴을 만들 뿐이라는 것을 그는 잘 알고 있었다.

평소답지 않게 초조한 심정으로 그는 술집 앞을 서성였다. 무엇보다도 그는 스스로 한심해 견딜 수 없었다. 그는 억지로 숙소로 걸음을 옮겼다. 지난번 숙소보다 거리가 더 멀어졌다. 도시를 떠나는 대신 숙소를 다시 옮겼다. 가소로운 짓거리였다. 고백하자면 그는 여자의 곁에 머물고 싶었다. 더불어 엠과의 소식에 목을 매지 않게 되었다. 앓던 이 같은 그의 소식이 끊겼다면 엠은 도리어 쾌재라도 부르지 않을까. 터무니없는 사고사나, 혹은 타살 그것도 아니라면 또 어떤 사인이 있을까. 무엇 하나라도 걸린다면 엠으로서는 안도의 숨이 쉬어질 것이다.

그러나 엠은 하나는 알아 둬야 할 거였다. 그와 같은 존재는 죽임을 당할 수는 있겠으나 절대 죽지 않는다는 사실을. 그는 이미 세상이 만들어 놓은 기형적 산물 같은 존재였다. 가끔 그는 자신이 돌아가면 어떤 일이 벌어질지 상상해 보기도 했다. 조직의 일원이었을 때는 다른 것을 생각할 여유가 없었다. 상부에서는 늘 실적으로 개인의 가치 평가를 했고 그 또한 평가 보고서에 충실해 어떤 행동도 불사했다. 물론 부작용이야 있었다. 조직에서 문제가 된 것도 여러 번이었다. 하지만 책임져야 할 사람에게서 그는 제외돼 있었다. 그 점에서 그는 조직의 비호를 받았다고 느꼈다. 폭력이 자행되는 나라에서 그는 살았던 게 아니었다. 그는 늘 법을 준수한다고 자부하며 살았다. 인간의 본성이 얼마나 나약한 줄을 그는 알았다. 또 얼마나 강한지도 알았다. 인간의 이중성에 대해서도 충분히 알았다. 그만큼 불타는 복수의 눈길 앞에 놓여본 사람이 또 있을까. 절망 속에 더욱 눈먼 희망이 숨어 있다는 것도. 그는 충분히 두려워했다. 상황이 급변하게 돌아갈 때도 그는 자신의 능력에 의문을 품지 않았다. 그는 속절없이 당할 사람이 자신이라고 생각해 보지 못한 사람이었다. 왜 그런 자신감에 사로잡혀 있었을까. 의문을 가질 여유도 없을 때 조직은 그를 내쳤다. 동에서 서로, 다시 국내에서 국외로. 그가 건너뛴 작은 도시들은 압정으로 누른 것처럼 그의 머릿속에 각인되어 있었다. 그는 동료들과 즐거운 한때를 보낸 시절을 갖고 있었다. 휴가 때는 어울려 골프를 쳤고 밤에는 포커판을 벌렸다. 고급 위스키를 몇 병이고 마셔 없애기도 했다. 명예와 믿음이 있었으며 평생 입을 다물 의리가 있던 때이기도 했다. 동료들의 얼굴이 차례로 떠오르자 그는 절로 얼굴이 찌푸려졌다. 그는 이미 바닥을 향해 침몰하고 있는 배에 올라타 있었다. 아마 그때였을 것이다. 그의 감정이 분열되듯 기폭을 시작한 때가. 그를 괴롭히기 시작하고 죄책감으로 가닿는 송곳 같은 것이 눈앞에 어른거렸다. 불면의 밤을 보내면서도 아무것도 생각하지 않으려고 몸부림쳤던 바로 그것이 실체를 드러내며 눈앞을 스쳤다. 송곳은 이미 그를 찔렀다. 그는 거리에 선 채로 어쩔 줄 모르고 눈을 감았다.

방문자

/

 엠이 사람을 보내왔다. 처음 있는 일이었다. 그는 엠을 과소평가했다는 사실을 새삼 깨달았다. 어리석은 짓이었다. 한편으로 그런 바보짓이 깨진 게 반갑지 않은 것도 아니었다.
 "박입니다."
 그는 얼빠진 표정을 지우며 박이 내민 손을 맞잡았다. 박의 손은 땀이 배어있었다. 긴장하기는 박도 마찬가지였을까. 그가 슬쩍 힘을 가해보자 박도 힘을 꾹 주었다. 그 하나쯤은 제압하고 남을 힘이 느껴졌다. 중키에 몸도 다부져 보였다. 입은 웃음을 머금고 있었다. 아니 벌렸다고나 할까. 평범한 일로 마주쳤다면 인상 좋은 사람으로 생각할 수도 있었다. 상관없는 일이었다. 다만 지금 앞에 마주한 박은 대낮에 나를 만나다니 운이 좋았군 당신, 하는 느낌을 주기에 충분했다. 방심은 늘 금물이었다. 박은 속내를 드러내지 않을 것이다. 그도 마찬가지였다. 아니, 상대를 떠보는 시늉을 한 번이라도 할 수 있을지 몰랐다. 둘은 날씨에 대해, 이곳의 물가와 지나가는 자동차의 성능에 관해, 시답잖은 대화를 몇 차례 주고받았다. 박이 그만하면 됐다는 듯이 몸을 움직였다. 둘은 보조 맞춰 걷기 시작했다. 어디로 가겠다는 말은 없었다. 그는 끌려가는 기분이 들지 않게 박의 옆에 바짝 붙어섰다. 긴장되기는 마찬가지였다. 상대적으로 박은 태연스러웠다. 그는 올가미에 걸려드는 듯한 느낌을 지울 수 없었다. 그렇다고 도망칠 수는 없었다. 조직이 원하는 것이 선명해지는 기분이었다. 박의 발걸음은 자연스럽게 호숫가를 향하고 있었다. 사전 답사라도 한 듯 박의 걸음은 거침이 없었다.

"여기 호수를 보고 오라더군요."

그는 대답하지 않았다.

호수는 여느 때와 같았다. 크게 흔들려 본 적 없는 잠잠함으로 그들을 맞이했다. 거대한 물을 담고 있는 호수가 이날처럼 두려운 적도 없었다. 언제 호수의 물갈기가 그를 향해 덮칠지 그로서는 알 수 없었다. 그곳에 살고 있을 검은 괴생명체가 눈앞에 드러나는 상상을 해보기는 처음이었다.

호수를 굽어보기만 한 채 박은 한동안 말이 없었다.

"아직 일 년이 되지 않으셨더군요."

문득 박이 입을 뗐다. 일 년을 넘긴 사람은 없었다는 소리처럼 들렸다.

"떠나야 합니까?"

그가 담담하게 물었다. 어리석은 질문인 줄 알면서도 또 가만히 있을 수만은 없는 노릇이었다. 그는 마음먹은 바를 포기하고 싶을 정도로 심리적 부담감을 느꼈다.

"아닙니다. 여기서 머무셔도 됩니다."

생각할 겨를도 없이 박은 여기는 좋은 곳 같습니다,라고 말하며 성큼 발을 뗐다. 경중경중 걷는 박의 발걸음은 이끼로 젖은 돌을 피해 호숫가로 나아갔다. 박은 곧 자리를 잡고 쭈그리고 앉았다.

"여기로 내려오시겠습니까?"

한참 만에 뒤를 돌아보며 박이 소리쳤다. 물론 그는 따르지 않았다.

"그러실 줄 알았습니다."

일어선 박은 그가 서 있는 쪽을 향해 입을 벌려 웃었다. 박의 얼굴에서 읽힐 감정 따위는 없었다. 때에 따라서는 능숙하게 그를 제압할 인간임은 분명했다. 더구나 속으로는 그를 경멸하고 있다는 것을 모르진 않았다. 두려움이란 그런 것이었다. 그는 그런 것에 익숙했다.

박과는 역에서 헤어졌다. 박은 다시 악수를 청했다.

"다시 볼 일이 없을 겁니다. 격려차 온 것입니다."

하마터면 그대로 박을 엎어치기 할 뻔했다. 발로 가슴이나 배를 사정없이 차고 손가락을 짓이기고 싶다는 욕망이 들끓었다. 그러자 피가 흐르고 근육이 찢어지고 뼈가 부러지고 괴성이 울리는 밀폐된 공간이 눈앞에 드러났다. 그는 혼돈 속에 서 있었다.

"괜찮습니까?"

박은 떠나지 않고 물었다. 그는 아무 말도 하지 못했다.

"건강을 지키십시오. 아직 때가 아닙니다."

정중한 말투였다. 그제야 그는 제정신이 들었다. 박도 그도 서로의 영역을 침범하지 않을 만큼 교육화된 사람들이었다. 누구든 곁에서 나락에 처박힌다 해도 외눈 하나 깜빡해서는 안 되는 규정이 있었다. 조직의 생리는 그것을 가르쳤다. 한두 사람의 힘으론 어림없는 짓이었다. 갖은 악랄한 방법도 통했던 곳에서 그들은 일해 왔다. 그들이 했던 불쾌한 행동이 국민을 안전하게 살게 한다고 믿어 왔다. 비윤리니 부도덕이니 하는 말은 피로나 게으름처럼 추상적 단어와 같았다. 박은 머리 좋은 하수인에 불과했다. 박도 그처럼 완벽한 단념을 당할 수 있다는 두려움을 가졌을 것이다. 어쩌면 그것이 그의 역할일지도 몰랐다.

박은 떠났다. 목적지를 그는 알지 못했다. 박이 온 이유를 헤아리지 말아야 했다. 그가 어딜 가든지 찾아낼 것은 분명했다. 이제 그는 어디에도 갈 데가 없다는 사실이 확실해졌다. 실체는 그렇게 드러난 셈이었다. 무력감이 그의 전신을 에워쌌다. 그렇다고 그가 할 수 있는 일은 없었다. 무력감을 떨쳐내기 위해 그는 또 걸었다. 숙소 외에 그가 갈 곳은 이 도시 어디에도 없었다.

위안의 여자

/

　박의 잔영은 여러 날 그를 괴롭혔다. 그의 감정은 복잡했는데 그중에는 수치심이 컸다. 그는 자신의 세계에서 벗어나기 힘든 사람이었다. 이미 최적화된 사람이었다. 밤이 되면 자신의 위치와 그가 가진 힘이 아직 있을 것이라는 환상에 시달렸다. 그러다 밤이 옅어질수록 기대감도 묽어졌고 동이 트면 그것은 꼬리를 빼고 사라졌다. 다음날이면 아직 결정적인 사건은 일어나지 않았다는 사실이 새롭게 다가왔다. 기대감은 또 시작되었다. 박이 문제가 아니었다. 그 자신이 문제였다. 그는 다른 누가 아니라 자신과 먼저 손잡아야 했다. 서곡은 이미 시작되었고 그가 인정해야만 할 사실 앞에 날이 밝아 있었다.

　몸살같이 몇 날을 앓고 일어난 날 아침, 박의 존재는 신통하리만큼 지워져 있었다. 밤새 괴롭히던 괴물이 그의 영역에서 빠져나간 듯 홀가분한 심정이었다. 전날 밤까지 그의 심리 통제는 먹히지 않았다. 새벽까지 잠을 이루지 못했고 몇 번이고 침대에서 몸을 일으켜 세우곤 했다. 들끓는 생각들을 진정시키기 위해 매번 여자의 환영에 기댔다. 밤이 가도록 그는 박과 여자를 건너뛰었다. 이윽고 한없이 작아져 잠의 나락으로 떨어졌다. 깜박 잠들었지만 깊은 수면이었다.

그는 잠자리를 떨치고 일어나 서둘러 나갈 채비를 했다. 움직이는 게 최선이었다. 호수로 나가 영감을 만나기로 마음먹었다. 오전 일찍 가야만 영감이 제정신을 갖고 있을 거였다. 오후가 되면 영감의 혀는 먹이를 품은 말미잘처럼 말려들어 도무지 풀려나오지 않았다. 이 도시에서 영감만큼 김달이에 대해 알고 있는 사람도 없을 거였다. 영감은 김달이를 물심양면으로 도왔다고 자신의 입으로 누누이 말해 왔고 자신만큼 김달이에 대해 많이 아는 사람도 없다는 것을 자랑삼았다. 영감에게 기대 볼 수밖에 없었다. 그건 수월한 일이기도 했다.

영감도 호수에 막 도착했는지 늘 입고 다니는 체크 무늬 양복 차림이었다. 오래 입어서 끝단이 너덜거리는 것이 한눈에 잡힐 정도였다. 영감을 추레하게 만들어 주기는 마찬가지였지만 새 깃털 망토보다는 나았다.

"내가 그녀에 대해 말해 줄 게 뭐가 더 있을까……."

영감의 눈이 게슴츠레해졌다. 기대를 꺾는 영감의 말에도 그는 재촉하지 않았다. 영감은 늘 말을 하는 쪽이었고 그는 들어주는 편이었다. 갑자기 영감의 입에서 감탄사가 터져 나왔다.

"아— 그녀는 걸어서 여기까지 왔댔어."

영감은 검지와 중지 두 손가락을 사용해 앞으로 걸어가는 시늉을 해 보였다. 영감의 얼굴에는 어느 때보다 생기가 감돌았다.

"도대체 몇만 마일을 걸어온 거지? 나도 엄청나게 걸어 다녔지만 믿어지지 않았어. 주로 밤에 걸었다고 하더군. 낮에는 빈 농가나 산속, 바위틈에 몸을 숨겼고. 여자 혼자로는 가능하지 않을 텐데 말이지."

그는 김달이가 세상 구경을 하기 위해 여기까지 걸어온 것은 아니라는 걸 안다. 김달이는 자신도 여기까지 흘러들어온 정황을 모르지 않았을까. 어쩌면 그것은 그가 여기까지 와 있는 이유와 비슷할 수도 있었다. 이 도시 저 도시를 건너뛰기까지 그도 혼란스럽기는 마찬가지였다.

영감의 말은 계속됐다.

"전쟁이 끝나고 나도 가까스로 고향에 도착했지. 살아 돌아온 군인들도 많지 않았어. 건물들은 파괴됐고 다들 정신이 빠져나갔더군. 마을 사람들 절반이 줄었지. 마을이 텅 빈 거 같았으니까. 집은 불타고 어느 집이나 사망자가 있었지. 달이는 빈 농가에 혼자 살았는데 가끔 마을을 돌아다니며 일을 찾곤 했어. 그녀는 행동이 빨랐어. 특히 청소를 잘했어. 마침 필요한 사람이었지. 불탄 집을 치우다가 시체도 여러 번 봤다고 하더군. 많이 놀라진 않더군. 난 그녀가 안 좋은 일을 꽤 겪었다는 것을 알 수 있었지."

언어가 통하지 않으니 마을 사람들 처지에선 더 편했을 수도 있었다. 주검에 냉담할 수 있는 사람. 얼굴에 표정을 드러내지 않는 사람. 아니 드러내도 상관없을 낯선 이방인 여자. 그의 짐작이 맞다면 김달이는 일본군 위안부였을 것이다. 크리스마스날 영감 집 벽에 붙은 신문 조각을 떠올렸다. 거기에 적힌 두 단어는 그의 뇌에 깊이 박혀 있었다. 위안의 여자. 물론 그는 그 말을 뱉어본 적이 없었다. 그건 여자도 마찬가지였고 영감 또한 발설한 적이 없었다. 그러니까 김달이는 그 말을 지우기 위해 여기까지 흘러들어온 건지도 몰랐다. 일본이 패망한 뒤 홀로 여기까지 찾아 들어온 여자. 걸어서 온 것만은 아닐 것이다. 처음에는 누군가를 따라 왔을 수도 있겠고 또 어느 순간엔 아무도 그녀 곁에 남아 있지 않았을 수도 있었다. 김달이에 대한 기록물이 있냐고 그는 물었다.

"시청 기록실에 있을 거야. 거주증을 줬으니까. 내가 도왔지. 시장도 만나고. 동네 사람들에게 연판장도 돌렸으니까."

자부심이 서린 영감의 얼굴이 불그스레하게 밝아졌다. 슬그머니 술 생각이 나는지 영감은 지고 나왔던 배낭을 뒤적였다. 곧 작은 위스키병이 손에 딸려 나왔다.

"오늘은 이거 하나야."

영감은 안타까운 눈짓으로 병을 땄다. 곧 한 모금 꿀꺽 마셨다.

영감에게 기록물을 보고 싶다고 도와줄 수 있냐고 물었다. 그에게 기록물을 신청할 자격이 있는지 알 수 없었다. 영감의 힘을 빌려야 했다. 그새 영감은 위스키 몇 모금을 연거푸 들이켰고 엉뚱한 소리를 늘어놓기 시작했다. 군대 시절 얘기였다. 늘 듣던 소리였다. 조금 전의 간결하고 생생한 말솜씨가 어디 갔나 싶었다. 가끔 그는 영감에게서 다른 사람을 느끼곤 했다. 영감이 아픈 사람이라고 했던 여자의 말이 떠올랐다. 표면적으로는 알코올 중독이 문제겠지만 영감의 정신이 엉켜버린 것은 전쟁이었다. 포로수용소에서 전쟁 승전보를 들었다고 여러 차례 말해 왔다. 굶주림에 매를 맞으며 강제노역에 시달렸다고. 뼈와 가죽만 남아 고향으로 돌아오기까지 영감도 김달이 못지않게 죽을 고비를 넘겼을 거였다. 김달이에 대한 관심도 그것 때문일 거라고 그는 추측했다.

여자는 영감에게 연민을 느끼고 있었다. 영감의 집으로 음식을 가져다주기도 했다. 샌드위치나 수프 같은 간단한 거였다. 술을 그만 마셔야 한다고 말해주는 유일한 사람도 여자였다. 그때마다 영감은 너털웃음을 터트리며 그만 살라고? 하며 벙글거렸다. 그 광경을 보고 있자면 그도 입가가 벌어졌다. 가끔 그는 영감과 여자의 교류에 소외감을 느끼기도 했다. 그걸 자각했을 때 그는 깜짝 놀랐다. 그런 감정에 익숙하지 않았기 때문이었다. 인간의 희로애락에 휘둘리지 않게 되면서 조직에서 자리를 잡았던 것 같은데……. 그즈음 아내도 사회에 막 발을 들여놓았다고 했다. 매사에 날이 서고 음성은 탁하게 갈라진 그즈음의 자신을 그는 낯설게 떠올렸다.

아내가 떠나간 이유도 당연하다는 생각이 들었다. 아내는 아이를 갖지 못했다. 억울하게도 아내는 그를 탓했다. 주위에서 왜 애를 갖지 않느냐고 물을 때마다 그는 곧 생기겠죠, 하고 껄끄럽게 응수했다. 아내는 그를 거부했다. 그의 알몸을 거부한다고 봐야 옳았다. 그의 기억이 맞는다면 배 속의 아이를 잃고 난 뒤였을 것이다. 아내는 그의 몸을 거부했고 차츰 경멸했다. 아내의 뇌는 그때 꼬여 버렸을까. 같은 조직의 일원이었던 아내도 그의 일을 알고 있었다. 그때는 왜 아무 문제도 되지 않았던 것일까. 아내는 당신 육신이 죄라고 했다. 회개하라고, 그러면 구원을 얻을 수 있다고 애원했다. 정작 아내가 믿게 된 하느님은 관용의 하느님은 아닌 듯했다.

아내를 따라 몇 번 교회에 가보기도 했다. 집중이 되지 않았다. 목사의 설교에 싸늘한 비웃음만 나왔다. 급기야 목사의 입에서 나온 말들을 낱낱이 추궁하고 치도곤을 치고 있는 장면을 상상하기에 이르렀다. 아내의 요구는 이혼 즈음에는 지긋지긋할 정도였다. 그를 마귀라고 몰아세웠다. 지옥 불에 떨어질 거라며 퇴근하고 오는 그를 향해 물을 뿌리기도 했다. 거듭 하느님을 믿으면 구원받을 수 있다고 강요했다. 떨어진 뼈 붙이듯 그렇게 말이요? 감정이 격해져 그도 쏘아붙이고 말았다. 그렇게 경계를 넘어 버렸다. 아내는 치를 떨며 그 길로 집안의 돈을 몽땅 들고 나가 교회에 헌납했다. 조직에서 본 침착하고 이성적인 아내의 모습은 온데간데 없었다. 여자들의 몸수색을 마친 아내가 복도를 지나가던 모습을 그는 아직도 기억하고 있었다. 그때 아내의 얼굴은 잠잠함 그 자체였다. 누구를 만나도 고개를 숙이고 지나가던 그녀였다. 하긴 그녀가 줄 맞춰 데리고 가던 여자들이 먼저 눈에 들어오기는 했다. 그중에는 벌거벗다시피 한 여자도 있었다. 아내는 감정이 실리지 않은 얼굴로 인계를 마치고 나갔다. 그때 아내가 경멸감 따위의 감정을 내비치기라도 했던가. 그는 기억해 낼 수 없었다. 도대체 아내의 뇌 회로가 언제부터 꼬일 조짐을 보였을까. 그는 원인을 처가에 대고 있었다. 그게 편했으니까.

"내가 언제부터 마셨는지 아나?"

그가 응답해주었다.

"전쟁 후지요."

"맞아. 전쟁은 인간을 완벽한 타자로 만들어. 누구와도 짐을 나눌 수가 없지. 그런 거야."

영감은 곧 횡설수설 알아들을 수 없는 말을 늘어놓기 시작했다. 책임을 회피하고 핑계를 찾고 싶어 하는 사람들이 하는 수란 늘 그렇다고, 그는 그 정도 선에서 영감을 이해한다고 생각해 왔다.

그는 미련 없이 영감의 곁을 떠나기로 작정했다. 술이 오른 영감을 구슬러 시청까지 데리고 가기는 쉽지 않은 일이었다. 데리고 간들 영감이 시청 직원에게 무슨 말을 늘어놓을지 그로서는 대책 없는 일을 당할 확률만 높았다. 오늘 여자는 호수로 오지 않을 모양이었다. 여자의 시간은 예측하기 어려웠다. 그는 좀 걷고 싶어 숲속으로 발걸음을 옮겼다. 바뀐 계절의 정령이 그를 이끌었다. 그는 더 깊은 숲으로 발걸음을 옮겼다. 가보지 못한 곳이었다. 몇 발자국 걷지도 않은 거 같은데 다시는 돌아 나오지 못할 것 같은 싸늘한 기운이 피부에 와 닿았다. 산도 없는 곳에 이렇게 깊은 숲을 가지고 있다는 것이 이해가 안 됐다. 하긴 그가 자라고 성장한 곳에서도 이해되지 않는 것은 많았다. 동네 산이라고 얕봤다가 길을 잃고 죽은 몸으로 돌아온 아이들도 있었다. 처음엔 벽에 부딪힌 줄 알았을 것이다. 살기 위한 몸짓을 멈추는 순간 수렁 같은 어둠 속으로 빠져드는 사람들을 그는 알고 있었다. 기어 올라오려고 하면 할수록 허튼수작으로 치부되고 마는 사람들. 그들이 사태를 짐작하고 몸을 일으키는 순간 이미 늦어 버렸다는 것을. 결국은 자신을 주저앉히고 꼼짝없이 가두는 것으로 결론이 나고 만다는 사실을. 그는 그런 광경을 숱하게 봐왔다. 그들도 영감처럼 공허한 말로 자신을 위로하고 술을 마시며 남은 시간을 보낼 수도 있었다. 그러고 보면 그는 영감을 충분히 이해하고도 남을 사람이어야 했다.

소풍

/

　여자와 영감을 역에서 만나기로 했다. 셋이 소풍을 가기로 한 날이었다. 여자의 아이디어였다. 여자가 빵과 과일, 담요를 준비해 오겠다고 했다. 그도 가게에 들러 몇 가지를 골랐다. 영감은 자신의 가슴을 두드렸다. 품속에 있는 것이 술병이라는 뜻이었다.
　셋은 호수 건너편 숲속으로 걸어 들어갔다. 그곳에는 큼지막한 공터가 있었는데 옛 수도원 자리였다. 고임돌 서너 개를 흔적으로 가진 곳이었다. 사람 키만 한 것들이었다. 한때는 수도사들이 백 명도 더 되게 살았다고 했다. 전쟁 중에 수도원은 불타고 수도사들도 뿔뿔이 흩어져 버렸다고, 이젠 수도사로 오겠다는 사람들도 없어 잊힌 땅이 되어버렸다고 했다. 영감은 이곳에 유령이 산다고 너스레를 떨었다. 깜깜한 밤이면 검은 망토를 뒤집어쓴 유령이 숲에서 나와 고임돌 주위를 돌아다닌다며 어슬렁거리는 흉내를 냈다. 여자는 깔깔거리고 웃었다. 그는 여자의 웃음소리가 좋았다. 셋 다 기분이 고조돼 있었다. 여자가 햇볕이 내리쬐는 곳에 담요를 깔았다. 숲을 통과해 수도원을 드나들었던 사람들은 사라졌지만 어떤 사람들은 여기 빈터를 찾는다. 산책이나 소풍이나 어떤 이유든. 그런 이유를 가진 사람들은 더는 외톨이가 아닐 것이다. 인간은 환경의 동물이 맞았다. 그는 혼자가 익숙했으면서도 고개를 절레절레 저을 때가 있었다. 오늘만큼은 충분하다고 생각했다. 그 역시 낯선 타지에서 아는 사람을 만들고 그들과 소풍을 오고 웃고 먹으며 하루를 보내는 자유를 누릴 수 있는 사람이 돼 있었다. 오랜만에 낯선 즐거움을 마주한 셈이다. 길이 끝난 곳에서 또 시작할 수 있다는 사실에 그는 남모를 기쁨을 느꼈다.

영감은 어느새 술병을 꺼내 들었다. 제정신일 때 영감은 유쾌한 사람이었다. 기분이 좋은지 영감은 노래도 흥얼거렸다. 여자도 아는지 몇 소절 따라 불렀다. 둘을 보는 그도 흐뭇했다. 그도 뛰어들어 허밍이라도 하고 싶은 심정이었다. 아이처럼 기뻐하고 싶었다. 하지만 굳어버린 몸과 마음이 유물처럼 그에게 남아 있었다. 돌에서도 피를 짜내던 그였다. 이제 돌에 훈기를 불어넣어 주는 사람을 만나게 된 것일까. 그는 복잡한 심경으로 둘을 쳐다보았다. 그가 알고 있던 세계는 이미 금이 갔다. 귀퉁이에서부터 못이 박힌 것인지도 몰랐다.

영감은 그와 여자에게 여러 번 웃음을 주었다. 호수에서 새 깃털 옷을 입고 지나가는 사람들과 사진을 찍기 위해 구걸의 웃음을 짓던 사람이 아니었다. 그는 인간의 이중적 모습을 많이 봐왔고 그 잣대로 사람을 평가하는 못된 버릇이 있었지만, 영감처럼 다른 모습은 처음이었다. 그에게도 자신이 모르는 다른 모습이 있으리라는 자각이 들었다. 그 앞에서 차라리 죽여달라고 애원하던 사람들을 외면하면서 인간성의 마지막 뿌리까지 뽑아내던 그였다. 아내의 정신이 망가졌다니, 잘못된 생각이었다. 망가진 것은 바로 그였다. 그는 유령이었다. 망토를 뒤집어쓴 채 걸려든 모든 이에게 망치를 휘두르는 마귀가 맞았다. 그날 그는 정수리와 어깨 위로 내리쬐는 봄볕 아래 온전히 아내를 이해할 것만 같았다.

"아시겠지만 저는 안 좋은 일을 하러 여기 왔어요."

여자가 나직하게 말을 시작했다.

"묻지는 않으시겠죠?"

여자는 그를 바라보며 겸연쩍은 웃음을 지었다. 그는 아무런 대답도 할 수 없었다. 어느새 영감은 대취해 다리를 뻗고 누워 버렸다. 몸의 절반이 풀밭으로 나가 있었다.

"아직 차가울 텐데……"

여자는 가지고 나온 스카프로 영감의 가슴께를 덮고 도닥거려 주었다. 도움이 될 것 같지 않았지만 그는 잠자코 있었다. 꿈쩍도 하지 않고 드러누운 영감이 차라리 다행으로 느껴졌다.

이제 여자는 단단히 할 말을 품은 얼굴이었다.

"숨어야 할 일이 생겼어요."

그는 이해했다. 그 역시 마찬가지였기 때문이다. 그렇지 않았다면 여자와 만날 일도 없었을 거였다. 그 점에서 그는 여자의 일을 충분히 이해해야 했다.

"그곳에서도 안 좋은 일을 했어요. 말 안 되는 일이었죠."

여자의 입가로 씁쓸한 미소가 흘렀다 사라졌다.

"김달이 할머니도 저랑 비슷한 심정으로 여기까지 오지 않았을까요. 할머니 생각이 왜 이렇게 머리에서 떠나지 않는지 모르겠어요. 처지가 비슷하긴 하죠. 물론 할머니가 더 나빴지만요. 어느 산, 숲속에서 죽어 짐승 먹이가 되어도 아무도 몰랐을 텐데. 가여운 할머니의 죽음을 애도하는 게 왜 이 낯선 도시 사람인지 이해가 안 가요. 안타까워요."

두서없이 말을 늘어놓던 여자는 잠깐 생각에 잠기는 얼굴이었다. 자신의 처지를 둘러보는 거라고 그는 생각했다.

"아버지를 화장하던 날…… 고모가 울면서 그래요."

그의 생각이 맞았다. 그는 가만히 있을 작정이었다.

"네 고통은 끝났다고, 그러니 이제부터 마음 편히 살라고요. 고모 말대로라면 발목에 잠긴 족쇄가 풀려야 하는 건데 그럴 리가요. 고모는 아버지가 세상 잘못 만나 태어난 사람이라고 안타까워했지만, 난 고모처럼 분개하지 못했어요. 다른 사람 바라보듯 아버지를 바라보았죠. 괴로우면 미쳐 버릴 수도 있다, 그럴 수도 있는 게 사람이다, 그렇게 생각하면서요. 아버지가 광분할 때도 난 담담했어요. 흥분하거나, 비관했더라면 같이 살 수가 없었겠죠. 난 그렇게 컸어요. 아시겠어요?"

"……"

"비자를 연장해야겠어요."

왜냐고 물을 새도 없이 여자의 말이 이어졌다.

"할머니는 돌아가야 하는 거 아닌가요? 여기 묘원은 아닌 거 같아요. 누군가는 해야 할 일 아닌가요? 그게 저라는 사실이 안타까울 뿐이에요. 힘이 있는 사람이었으면 더 좋겠지만……"

도와주실 거죠. 여자의 검은 눈동자가 그렇게 말하고 있었다. 당신은 같은 동족이니까요. 흔들리던 여자의 눈동자가 이내 잠잠해졌다. 물론 그의 착각일 수도 있었다. 사실 여자는 그의 도움이 필요하지 않았다. 여자는 강한 사람이었다. 김달이도 마찬가지였다. 수천, 아니 수만 마일을 걸으면서도 김달이는 멈추지 않았다. 그는 그녀들이 두려웠다. 부러웠는지도 모르겠다. 그는 입을 다문 채 묵묵히 앉아만 있었다. 축축한 풀밭에 드러누운 사람은 영감이 아니라 그였다. 그의 내면은 젖어갔고 공벌레처럼 움츠러들었다. 할 수만 있다면 기지개를 켜고 일어나 소리치고 싶었다. 여자에게 그럴 힘이 충분하다는 것을 보여주고 싶었다. 여자를 기쁘게 해주고 싶었다. 물론 생각일 뿐이었다. 그는 아무런 일도 하지 못할 게 뻔했다. 왜 그가 이곳에서 여자와 마주 앉아 있는지. 왜 뜻대로 여자를 도울 수 없는 것인지. 하늘로 솟구쳐 올라간다 해도 그것만은 안된다는 생각이었다. 그렇다고 여자가 그의 대답을 기다리고 있는 것 같지도 않았다. 대답은 여자 스스로 한 것이나 다름없었다. 말하지 않아도 그는 저절로 알게 됐다. 그는 여자와 그런 사이가 되어 버린 것이 어쩐지 허탈한 심정이었다.

시청 방문

달이 김 1962년 4월 25일, 특별 체류 허가를 받다

달이 김은 14년간 이 도시에서 살았다. 올해 시의회에서 그녀의 거주증을 만장일치로 허락했다. 이 경우는 매우 드문 일이다. 그녀는 결국 수혜자가 됐다. 도시 주민들은 모두 그녀를 환영할 것이라고 말했다. 이웃인 리자 여사는 "그녀는 좋은 친구예요. 우리 농장에서 여러 해 일하는 동안 항상 성실했어요. 딱 한 번 오지 못한 날이 내 아들 결혼식이었죠. 아, 그날 내가 초대를 못했지 뭐예요. 난 사과했어요, 그녀는 화내지 않았어요. 그녀를 받아들여야 한다면 지금이에요. 그녀는 멋진 이웃이 될 거예요."

거주증을 받던 날 찍은 흑백 사진에는 흰 원피스를 입은 김달이의 얼굴이 선명하게 드러나 있었다. 자그마한 골격에 눈매가 휘어져 웃는 얼굴이었는데 한편으로 좀 고달파 보이는 인상이기도 했다. 김달이 옆으로는 풍채 좋은 남자가 서 있었다. 시장쯤으로 보였다. 군복을 입은 영감도 보였다. 가슴에는 훈장이 달려 있었다. 영감의 황금시대가 아니었을까. 죽음에서 살아 돌아와, 때가 되면 대접받는 자리가 있고, 그때는 정신도 멀쩡했을 거였다. 아니면 몰래 마신 술로 망가질 조짐을 보였는지도 모를 일이었다.

시청 직원이 마을 사람들의 청원으로 김달이가 거주증을 받을 수 있었다고 손가락을 짚으며 말해주었다. 시에서 주는 주택과 매주 생활 보조금도 받게 됐다. 병원도 갈 수 있게 됐다. 김달이는 난생 처음으로 안정감을 맛보게 되었는지도 몰랐다. 영감의 말에 의하면 김달이는 늘 새처럼 먹었다고 말했다. 하긴 그것 때문에 죽지 않고 살아남았을지도 몰랐다. 어릴 때부터 얻어먹지 못해 배를 주리며 살아왔을 확률이 높았다. 그는 학창시절에 쇠라도 삼킬 듯 왕성하게 먹어치우던 몇몇 친구들을 알고 있었다. 그 역시 결핍의 기억을 배고픔만큼이나 갖고 있던 사람 중의 한 명이었다. 영감은 김달이를 처음으로 병원에 데리고 갔다고 말했다.

"도망쳐 버리더군. 보지 말아야 할 것을 자주 봐서겠지."

영감은 이해한다는 표정을 지었다.

"기록은 단지 두 개뿐이에요. 거주증 받던 날과 죽은 날. 둘 다 도시 지역 신문에 실렸네요."

직원의 말에 영감은 고개를 끄덕였다.

"그렇지. 지역 신문에야 동네 애들 야구 하다가 엉덩이 까인 것도 나오니 별 건 없지만 달이 경우는 특별했지. 당시 지역 주민들이 시끄러웠어. 내가 애를 많이 썼어. 그 덕에 스캔들도 나고. 달이와 나를 특별하게 생각하기도 했지. 달이는 그런 여자가 아니었어. 어떤 사람과도 관계 맺고 싶어 하질 않았어. 불이익을 당해도 참아냈지만 두 번 다시 그 집 일은 하지 않았어. 독립적인 여자였어."

김달이는 낮에는 동굴이나 풀숲, 나무 밑에 숨고 밤에 이동했다고 했다. 쥐떼들처럼 이동했다고 영감이 표현했다. 영감은 실제로 전쟁통에 이동하는 쥐떼를 본 적이 있다고 말했다.

"그게……."

갑자기 영감의 이마가 찌푸려지며 얼굴을 일그러뜨렸다. 그의 눈앞에 시체를 파먹는 우글거리는 쥐떼의 잔영이 스쳐 지나갔다. 시청 직원이 영감의 손등을 도닥거렸다. 그만하라는 뜻 같기도 했고 이해한다는 뜻 같기도 했다. 갑자기 영감의 어깨가 후들거리고 꺾이더니 얼굴에 새하얘졌다. 직원이 기록물을 거둬 가고 그는 영감 곁을 지키고 앉아 진정되기를 기다렸다. 영감의 몸은 결국 소파에 널브러졌다. 이마 안으로 촘촘히 땀이 맺혀 있었다.

잠시 뒤 직원이 김이 모락모락 올라오는 차 한 잔을 들고 나타났다. 마음을 안정시켜줄 거라고 했다. 영감은 찻잔을 거들떠보지도 않았다. 한 모금의 알코올을 원하고 있다는 것쯤은 말 안 해도 알 수 있었다. 그는 영감이 진정될 때까지 곁에 있겠다고, 직원에게 고맙다고 말했다. 직원은 고개를 끄덕이더니 그들의 곁을 떠났다. 영감은 눈을 감고 있었다. 무엇을 생각하는 것일까. 그는 영감의 모습에서 김달이가 중첩됐다. 그녀의 시간은 영감의 시간만큼이나 끔찍하게 흘렀을 거였다. 처음에 김달이는 일본군들과 함께 퇴진하지 않았을까. 밥도 해주고 빨래도 해주면서. 물론 일본말을 세세히 알아듣지는 못했을 거였다. 군인들의 움직임을 통해 전쟁이 열세라는 것쯤은 눈치채지 않았을까. 하긴 그런 것은 크게 문제가 되지 못했을 것이다. 일차적인 괴로움이 더 컸을 거였다. 열대의 습한 기운이 김달이의 육신을 파고들었을 것이다. 음식물을 담지 못한 내장은 마르고 한낮의 더위는 살갗을 타게 했을 것이다.

    1944년 가을부터 전운이 감돌기 시작했다. 미군 전투기 B-29가 하루가 멀다고 날아다녔다. 그럴 때마다 울부짖듯 새들이 짖어대 귀가 따가울 정도였다. 맨 처음 한 차례의 폭격이 떨어졌지만 목표물을 정확하게 맞추지는 못했다. 그때 김달이는 부대 근처 임시 위안소에 차출을 나가 있었기 때문에 꼼짝없이 부대원들과 같이 할 수밖에 없었다. 차출되어온 위안부는 모두 4명이었다. 다들 겁에 질려 있었고 김달이 또한 마찬가지였다. 여자들을 데리고 온 기무라 상이 나타나지 않아 여자들은 마음대로 돌아갈 수도 없었다. 습한 기운이 가시지 않은 밀림에서 여자들이 제대로 길을 찾아 나서기는 쉽지 않은 일이었다.

    공습과 폭격은 잊을 만하면 떨어지다가 언제부터인가는 매일이다시피 터졌다. 미군이 속전속결을 원한다는 말을 누군가 알려 주었다. 우왕좌왕하는 사이 공급 창고에 불이 붙었다. 매캐한 화약 냄새 사이로 쌀이 익는 냄새가 났다. 쌀이 있기는 있었구나, 밥 타는 냄새를 맡으며 김달이는 그런 생각을 했다. 곧 굶어 죽는 군인들이 더 많을 거라는 말도 들렸다.

    처음에 여자들은 부상병들을 간호했다. 실력이 있는 것이 아니어서 벌레를 쫓는 게 다였다. 일본군은 퇴각을 결정했다. 무기다운 무기도 없는 상태에서 전투기와는 싸움이 되지 않는다는 것을 여자들도 알 정도였다. 본 군과의 연락이 끊겼다는 것도 알아들었다. 여자들은 꼼짝없이 그들 속에 끼어들었다. 세이코의 죽음은 끔찍했다. 허리의 절반이 날아가 버렸다. 패인 옆구리에서 피가 왈칵왈칵 쏟아져 나오는 것을 김달이도 보았다. 묻어 줄 겨를도 없었다. 세이코의 시체를 아침저녁으로 마주 봐야 했다. 나중에는 아무렇지도 않게 됐다. 세이코의 죽음으로 군부대도 여자들의 동행을 인정하지 않을 수 없게 됐다.

배낭 안에 누구 것인지도 모를 물통을 넣고 그녀도 부대를 따라나섰다. 밀림에서의 도태는 곧 죽음으로 가는 길이라는 것을 모르는 사람은 없었다. 여자들은 군인들에게서 멀어지지 않기 위해 애를 썼다. 자다가 이동하는 부대원을 놓친 하루코가 떠올랐다. 그 애는 차라리 죽고 싶다고 말해 왔었다. 더는 걷지 못하겠다고. 물론 거기에는 배고픔도 목마름도 있었다. 밀림 어디에도 먹을 것은 없었다. 굶어 죽지 않으려면 걸을 수밖에 없었다. 다행히 일본군들은 여자들에게 적대적이지는 않았다. 하긴 그런 것에 신경을 쓸 시간적 여유도 없었다. 대장은 일본군 대위였는데 김달이를 찾은 적이 있는 자였다. 김달이에게 잔돈을 놓고 갔는데 쓸모없는 것이었다. 돈이나 전표나 쓸모없긴 마찬가지였다. 그래도 여자들은 하나같이 그것들을 제 몸뚱이 어디에고 숨겼다. 이제 여자들은 군인들의 먹거리를 구하기 위해 풀숲을 뒤져야 했다. 돌 밑에 숨은 전갈이라도 가져가야 했다. 아무것도 가지고 가지 않으면 밀림에서 죽어 나가야 할 것이라는 강박 때문에 종일 풀숲을 뒤졌다. 스치기만 해도 피부가 부풀어 오르는 독한 풀도 있었다. 손이고 발이고 금세 엉망이 되었다. 그들 모두 짐승이 되어 갔다.

"뼈만 남아 죽어 나갈 때 모두 어디 있었지? 난 사람 고기를 먹는 사람들도 봤어. 그들 모두 죽었어. 우린 좀비처럼 살아남았지. 밀림에는 늘 비가 왔고 우리는 내장까지 말라붙었지. 하루아침에 일본군은 퇴각했어. 수용소를 나온 우리는 어디로 가야 할지 몰랐어. 걸을 힘도 남아 있지 않았으니까. 김달이는 나야. 오직 나만 그녀를 알아."

광장으로 나선 영감이 숨을 토해놓듯 왈칵 말을 쏟아냈다. 갑자기 숨길이 거칠어지는가 싶더니 이내 쿵 소리와 함께 앞으로 쓰러졌다. 순식간에 일어난 일이었다. 엎어져 있는 영감 곁으로 광장에 서 있던 사람들이 하나둘 모여들기 시작했다. 겁이 난 그는 슬그머니 그들 사이를 빠져나와 달아났다.

추모

/

　병원에 다녀온 여자가 영감의 소식을 전해 주었다. 영감은 알코올 의존증으로 인한 만성질환을 보여 왔으며 약 복용도 거부해 왔다고 했다. 오로지 술이 약이었을 영감이었다. 거나하게 취해 그를 향해 돌아와! 혀 꼬부라진 소리를 내지르던 영감이 떠오르자 마음이 좋지 않았다. 그는 영감에게 곁을 주지 않았다. 소풍 간 날이 처음으로 영감에게 마음을 연 날이기도 했다.
　여자는 영감의 쇼크 증상은 오랜만에 일어났다고 눈가를 붉혔다. 그는 여자에게 쓰러진 영감을 버려두고 광장에서 도망치고 말았다는 얘기는 하지 않았다. 여자가 안다면 그를 경멸할 것 같아서였다.
　"제 탓이에요. 일이 이렇게 되고 말다니요."
　여자는 결국 울음을 터트렸다.

"나 때문이에요."

그는 또 잠자코 있었다. 돌이켜 보면 여자의 지나친 관심 때문에 일어난 일이 맞았다. 한편으로는 그가 있어서 가능한 일이기도 했다. 여자는 일본군 위안부를 모를 수 없는 동포였고 달이 할머니의 유해를 타국에 두는 게 맞냐고 그의 의견을 물었던 것도 사실이다. 그녀 혼자였다면 포기했을지 알 수 없는 일이었지만, 그가 곁에 있어 동력을 받았을 것이다. 그가 여자의 주위를 돈 게 아니었다. 여자가 그의 주위를 빙빙 돌고 있었다는 게 옳았다. 여자만 아니었다면 그는 실오라기처럼 가볍게 여기를 떠나버렸을 게 분명했다.

그는 영감이 입원한 건물을 올려다보았다. 노르스름한 불빛이 새어 나오는 병실의 창문들은 저마다 사건을 담아내고 있는 사물의 그림자 같았다. 그는 그런 창문을 알고 있었다. 건물 밖으로 새나가는 소음은 극소화하고 복도 안에는 그악하게 울려 퍼지게 만들어진 방들의 존재를. 문득 영감보다 자신의 앞날에 대한 불안감이 전신을 에워쌌다. 그는 필요 이상으로 많이 노출되었다. 앞으로 어떤 일이 어떻게 다가올지 모를 일이었다. 여자까지 위험한 상황으로 내몰 수 있다는 생각이 그를 조용히 압박했다.

병실에서 만난 영감의 얼굴은 납처럼 어둡게 가라앉아 있었다.

"술을 너무 마셨어."

그렇게 내뱉는 영감이 낯설었다. 후회하는 걸까. 영감은 시대의 피해자였지만 통과자이기도 했다. 살아남았으니까. 하긴 시대를 통과하지 않은 사람은 있을 수 없었다. 그 또한 연장선 위에 있었다. 누구나 위태로운 선 위에서 자기만의 줄타기를 하면서 세상을 살아낸다. 그는 직업상 만났던 말 많던 남자들을 떠올렸다. 그중 몇몇은 호기로운 자도 있었다. 하긴 그와 헤어질 땐 얼이 빠져나가 버렸지만.

"여한 없이 마셨지."

영감의 음성은 탁하고 피곤이 껴있었다.

"네가 부탁한 일은 끝냈단다."

가까스로 눈을 키운 영감이 여자를 올려다보며 말했다. 회색빛을 띠고 있는 눈동자는 졸아붙은 듯 흰자에 박혀 있었다. 고통스러운 이물질 같아 보는 이의 가슴을 저리게 했다. 여자도 같은 생각이 들었는지 코를 훌쩍거렸다. 영감은 귀밑으로 타고 흐르는 한줄기 눈물을 버려둔 채 말문을 닫았다.

수용소를 나올 때 영감의 몸무게는 겨우 86파운드였다고 들었다. 세상 밖으로 돌아왔을 때 영감에게 남은 건 오로지 식욕이었다고. 그 왕성한 식욕이 자신을 살렸다고 했다. 하루에 몇 끼를 먹었는지 기억조차 할 수 없는 날이 이어졌고 어느 날부턴가 먹히지 않았다고 했다. 그 뒤로 술만 들이켰다고 했다. 술을 마시지 않고서는 견딜 수 없는 사람이 되어버린 영감을 질타할 사람이 주위에 남아 있지 않은 영향이 컸다고도 했다. 여자는 영감이 술에 대한 면죄부를 받은 사람이라고 말해 왔었다. 그는 동의했다. 술을 마실 때 영감은 존재 증명이 됐다. 살기 위해 가진 단 하나의 방편. 누구는 술에 담배에 이성에 그리고 돈에 약물에……. 영감을 미숙한 사람이라고 치부했던 그는 비로소 동감했다.

　　영감은 병원에서 한 달을 버티다 숨졌다. 여자는 매일 병문안을 갔다. 여자가 병실에 들를 때마다 영감은 목마름을 호소했다고 한다. 병원에서는 물을 못 마시게 한다며 너무 하지 않냐고 울상을 지었다. 내장이 마르는 시간을 영감이 또 견뎌야 한다고 생각하니 그도 안타까웠다. 영감에게 목마름이란 죽음으로 가는 마지막 관문 같았다. 그는 가끔 영감을 위해 기도했다. 신을 찾는 기도는 아니었다. 병원 밖 장의자에 앉아 영감의 시간에 대해 생각했고 그러다 보면 자연스럽게 자신의 시간으로 빠져들었다. 돌이킴이라 해야 옳았다. 할 수만 있다면 새사람이 되고 싶었다. 간절하게 다른 삶을 원했다. 그게 어떤 건지도 제대로 모르는 채 말이다. 언제부턴가 그는 영감을 보러 더는 병실로 올라가지는 않게 됐다. 여자를 쳐다보는 간호사들의 공공연한 눈초리를 보고 싶지 않았기 때문이다. 여자는 개의치 않았다. 그는 여자보다 훨씬 용기가 없었다.

영감의 부음은 지역 신문에 실렸다.

윌리엄 와이엇 지병으로 숨지다.

2차세계대전에 혁혁한 공을 세운 그는 전쟁 이듬해 무공훈장을, 20년이 되던 해 명예 훈장을 받았다. 윌리엄 와이엇은 싱가포르 전투에서 포로가 되어 수용소 생활을 했다. 최장기 포로였다. 생전에 그는 이 도시에 정착한 김달이의 삶에 많은 관심을 가졌고 최근에도 그녀의 유해를 한국으로 돌려보내기 위해 시장에게 서신을 전달했다. 유언에 따라 그가 남긴 것은 김달이의 귀환에 보태질 예정이다. 유족 없음.

영감이 떠나는 날은 비가 왔다. 성당 밖에는 젖은 제복을 입은 군인들이 엄숙하게 사열해 있었다. 어깨 위로 영구를 받친 여섯 명의 군인이 절도 있는 걸음걸이로 성당 안으로 들어왔다. 순간 장엄한 오르간 소리가 울려 퍼졌다. 기자로 보이는 남자도 있었고 호숫가 매점 청년의 얼굴도 보였다. 꽤 많은 사람이 영감의 장례식에 참석했다. 검은 옷을 입은 여자가 백합꽃 한 송이를 들고 일어섰다. 여자가 앞으로 걸어 나가자 몇몇 사람들이 술렁거렸다.

시장이 연단 위에 올라 고인의 살아온 약력을 읊었다. 영감은 평생 타협을 모르고 올곧게 살다간 노인이 되었다. 호수에서의 구걸은 지역 사회의 명물이었고 매일 계속되었던 술추렴은 전쟁에서의 트라우마가 원인이었으며 김달이에 대한 애정은 휴머니즘으로 완성되었다. 모든 약력이 그럴듯했으며 영감은 사람들의 배웅 속에 거룩하고 영화롭게 떠날 채비를 갖췄다. 그는 이유 모를 아늑한 느낌에 사로잡혔다. 마지막으로 시장은 영감이 부탁한 김달이의 일은 진행할 예정이라고 밝혔다.

성당을 나온 행렬은 묘지로까지 이어지나 했는데 비 때문인지 취소되었다. 영감의 관을 실은 검은 리무진이 떠나자 사람들도 뿔뿔이 흩어졌다. 기자도 떠나고 신부를 비롯한 몇몇 사람을 태운 자동차만 뒤를 따랐다. 추모식과는 다른 다소 조촐한 행렬이었다. 여자와 그는 전차를 탔다. 그들이 도착했을 때 영감의 관은 땅속으로 들어가기 위해 준비하고 있었다. 축축한 검은 땅의 속살에서 김이 올랐다. 영감의 관은 흔들림 없이 안착하였다. 신부가 관 위로 성수를 흩뿌렸다. 그새 비는 말끔하게 그쳤다. 파란 하늘에 새털구름이 유영하듯 흐르고 있었다. 청량한 대기가 맨살에 와 닿았다. 축복 같았다. 그는 영감이 부러웠다. 자신의 죽음 뒤에는 애도해 줄 사람이 있기나 한 것인지 그로서는 자신 없는 일이었다. 관 위로 찰진 흙덩이 한 뭉치가 툭 떨어지자 옆에 선 여자가 기어이 울음을 터트렸다.

여자의 방

숙소의 침대에 누운 그는 방금 다녀온 방에 대해 기억을 되새겼다. 영감의 장례식이 끝나고 여자는 그를 자신의 방으로 초대했다. 처음 있는 일이었다. 오늘 같은 날은 혼자 있기가 싫다고 했다. 아니면 같이 있고 싶다고 했던가. 뭐라고 말했는지는 중요하지 않다. 장례가 끝나자 여자는 많이 지쳐 보였다. 여자를 부축해 겨우 전차를 탔을 정도였다. 택시를 예약할 생각은 해보지 못한 자신의 부주의를 탓해 봤지만 때늦은 일이었다. 언제부터인가 그는 생각을 행동으로 옮기지 못하고 사는 사람이 돼 있었다.

여자의 방에는 침대가 한눈에 들어왔고 옆으로 일인용 안락의자, 맞은편에 서랍 달린 작은 화장대가 보였다. 화장대만이 그 방의 주인이 여자임을 알려주었다. 아니다. 들어서는 순간 어렴풋하게 코끝에 향기가 잡혔다. 처음에 그는 알싸한 향에 끌려 방으로 걸어 들어갔던 것도 같다. 금방 몸이 노곤해졌다. 피곤한 하루를 보낸 날이었다. 여자는 자신의 방으로 돌아오자 안정감 때문인지 원기를 찾은 듯 보였다. 옷을 갈아입기 위해 방을 나갔고 젖은 머리에 수건을 감고 돌아왔다. 그를 향해 어색한 웃음을 짓는 여자의 차림새는 평소 같지 않았다. 잠옷 같기도 하고 가운 같기도 한 그 옷은 걸쳤다고밖에 할 수 없었다. 걸음을 옮길 때마다 앞이 젖혀졌다. 그때마다 하얀 허벅지가 드러났다.

"옷이 이러네요."

여자도 의식했는지 그를 향해 겸연쩍게 웃어 보였다.

거울 앞에서 여자가 머리를 매만질 때마다 아담한 어깨선이 율동하듯 움직였다. 그와는 반대로 대지를 밟고 선듯 강인해 보이던 두 다리. 그는 나른한 시선으로 여자를 바라보았다. 여자에게서 욕정을 느꼈던가. 단 한 번 충동 때문에 여자를 범하고 싶다는 욕망이 끓었다면 그때였을 것이다. 정작 거울에 비친 여자의 얼굴은 욕망이 거세된 무생물처럼 감정이 읽히지 않았다. 욕구를 위해 지급되는 돈이 여자의 본성을 눌렀을까. 많은 남자가 그 방을 들락거렸을 걸 생각하다 그는 세차게 머리를 흔들었다. 여자는 전혀 개의치 않은 얼굴이었다.

 방안에서 제일 큰 부분을 차지하는 침대와 옆에 딸린 안락의자 하나. 여자는 의자에 비스듬히 기대앉았다. 옷이 벌어지자 허벅지의 깊숙한 곳까지 드러났다. 여자는 곧 옷단을 끌어 허벅지를 가렸다. 침대 밑에 깔린 카펫과 창문 없는 방. 눅눅하고 습한 방이었다. 여자를 한사코 집 밖으로 밀어낸 이유가 그것 같았다. 그는 유난히 파리했던 여자의 뺨을 떠올렸다.

 "스물쯤 됐을까요? 많아도 스물다섯은 넘지 않았겠죠. 십대였다면 이렇게 먼 곳까지 올 용기가 나진 않았을 거예요. 물론 제 생각이에요. 할머닌 퇴각하는 군부대와 이동했을 거예요. 그 시대에는 흔한 일이었다니까. 여자들을 거추장스럽게 여긴 군인들이 여자들을 죽인 기록을 어디선가 읽은 적도 있어요. 총알이 없어서 칼로 찔러 죽였겠죠? 아니면 파묻던가. 죽음의 흔적조차 없는 여자들도 있을 거예요. 그거에 비하면 할머닌 운이 좋은 편이었겠죠. 할머니도 분명 죽음의 순간과 맞닿았을 거예요. 달아났겠죠. 밀림 숲을 헤치고 열매를 따 먹고 계곡을 만나면 물을 마시고 산을 만나면 타 넘고. 숱한 고비를 넘겼겠죠. 상상을 거듭할수록 가능한 일이 되어 가요. 할머닌 살아남았으니까요."

"쉬운 일은 아녔을 겁니다."

"맞아요. 조력자가 있었는지도 몰라요. 누군가 할머니를 배에 태워 해안 어디에다 내려놓은 사람이 있었을지 모르죠. 그런 생각을 한 날은 꼬박 밤을 새워요. 왜 그런지 모르겠어요. 앳된 처녀의 얼굴이 자꾸만 어른거려 벗어날 수가 없는 거예요."

여자의 말은 날개를 달았다. 반대로 그는 기분이 내려앉았다. 조금 전 영감을 위해 눈물을 흘리던 여자가 맞나 싶었다. 그를 만나면 묵묵히 따라 걷기만 하던 여자가 아니었다. 왜 여자가 자신의 방으로 그를 이끌었는지 알 것도 같았다. 여자는 김달이 얘기를 마음껏 하고 싶어서 그를 이끈 거나 마찬가지였다. 그토록 김달이에 몰입해 있는 줄은 몰랐다. 여자를 경계해야 했다. 알면서도 그는 또 아무런 대처도 하지 못했다. 아니 하지 않았다. 경계라니, 그는 이미 여자를 경배하고 있었다.

"군인들은 왜 여자를 데리고 다녔을까요? 거추장스러웠을 텐데."

"이용 가치가 있었을 겁니다."

"아, 일은 했을 거니까."

남자의 눈앞에 제대로 의사소통이 안 되는 김달이가 떠올랐다. 밥을 짓고 빨래를 하고 물을 길어오는, 남루한 옷차림을 한 여자들은 처음엔 여러 명이었을 것이다. 세상에서 가장 순종적인 눈망울을 지닌 말 없는 동물들 같은 그녀들은 퇴각하는 군인들 사이에 끼여 눈치로 살았을 거였다. 말을 알아듣지 못해서 자신들이 죽는 날도 몰랐을 거였다. 하긴 징용된 한국인들이 사살되는 것을 보면서 어렴풋이 자신들의 미래를 짐작할 수 있지 않았을까. 누군가는 그녀들 중 한 명을 꿰차고 탈영해 버렸는지도 몰랐다. 밀림 한가운데서 어디로 갈 수 있었는지는 모르겠지만 말이다. 그중에는 원주민의 도움을 받아 살아 귀국한 이들도 있었을까. 누군가는 밀림에 여자를 버려둔 채 혼자 도망쳐 버렸을지도 몰랐다. 김달이는 도대체 어떤 일을 겪고 여기까지 오게 된 것일까.

처음에 김달이는 그저 일본군들이 하자는 대로 이리저리 끌려다녔을 거였다. 김달이를 없애버리기로 한 날, 군인 한 명이 그녀를 끌고 밀림으로 들어갔다고 치자. 그녀를 보고 자신의 누이를 떠올렸는지도 모르겠다. 총검을 휘두르며 쫓아내는 시늉을 해 보였을지도 몰랐다. 위험을 직감한 그녀는 앞뒤 잴 것 없이 죽어라 뛰었을 거였다. 아무런 짐도 없이 그녀는 맨몸으로 밀림 속에 남겨졌을 거였다. 먹을 것을 구하기 위해 부딪혔을 밀림의 지도를 김달이는 조금은 알고 있지 않았을까. 냇가의 위치를 알고 물길을 더듬어 어디선가 사람들의 흔적이 있을 곳을 찾아 걷고 또 걷고……. 그가 가진 김달이의 각본은 그러했다. 물론 상상일 뿐이었다. 그러고 보니 그도 한 날쯤은 김달이를 떠올리며 밤을 새워본 적이 있었다.

"할머닌 이 도시에서만 39년을 살았어요. 살아남기 위해서 특유의 힘을 발휘했겠죠. 어쩌면 아무것도 하지 않았을지도 모르죠. 그편이 살아남기에 더 적합했을 수도 있어요. 아버지가 그러셨거든요."

여자는 뭔가를 쏟아내고 싶어 했다. 여자의 입을 막을 힘이 그에게는 없었다.

"아버진 집에 숨어 오로지 자신에게 들리는 소리에 집중했어요. 늘 자신이 감시당한다고 생각했기 때문에 오늘은 잡혀간다고 떨었어요. 가족 중 누구라도 한 명은 곁에 있어야 했어요. 할 수 없이 고모 곁을 떠나 할아버지 집으로 돌아갔어요. 점점 나이 들어가는 분들이 감당하기에는 힘든 일이었으니까요. 할아버지 할머니가 차례로 세상을 떠나는 동안 3년을 아버지와 같이 지냈어요. 아버진 결국 병원으로 들어갔어요. 산 사람은 살아야지. 그동안 애 많이 썼다는 고모의 결정이었어요. 그곳에 들어갈 때 아버진 사시나무 떨듯 떨었어요. 다시 갇히게 된 셈이니까요. 아버지 당신은 여기에서 더욱 자신에게 집중할 수가 있어요. 당신이 원하던 세계에서 벗어날 수 없으시잖아요. 당신이 거부하신 거나 마찬가지잖아요. 집이든 병원이든 당신에게 무슨 상관이 있다고 그러세요. 전 그렇게 읊으며 병원 앞에서 매정하게 돌아섰어요. 아버지가 미웠어요. 나약하다고 생각했어요. 세상 사람들과 같은 시선으로 아버질 봤던 거에요. 책 몇 권 때문에 잡혀간 아버진 그곳에서 무지막지하게 당했다고 들었어요. 고막이 터지고 뼈가 부러졌다 했어요. 저도 고모도 고문 장면이 들어간 책이나 영화를 보지 못했어요. 누구라도 그 단어 앞에 놓이면 몸을 떨었어요. 높은 장벽이 앞을 가로막고 있는 사람들을 본 적이 있나요? 저는 충분히 봐왔어요. 모두 겁쟁이의 얼굴을 하고 있었어요."

아아, 어쩌면 이런 일이 한 번은 일어날 줄 알고 있었다. 예감은 늘 그렇게 그의 가슴에 똬리를 틀고 교묘하게 감춰져 있었다. 다만 모자라는 이름이 들어간 호수 도시에서 듣게 될 줄은 몰랐다. 그것도 여자의 입을 통해⋯⋯.

"그런 제가 여기서 김달이 할머니를 만난 거예요. 어떻게 살아남아 여기까지 오게 됐을까 하는 생각에 밤잠을 설치기도 하면서요. 할머니는 강해요. 누구보다도 강했어요⋯⋯ 하! 걸어서 이 도시를 찾아내다니요."

그의 손을 거쳐 간 인물 중에 선명하게 떠오르는 얼굴은 없었다. 하긴 그에게 기억은 의미 없는 일이었다. 조작된 범죄 앞에 기억은 훼손돼야 마땅했다. 수긍만이 살길임을 보여주어야 했으니까. 그게 더 무서운 거라는 사실을 그도 잘 알고 있었다. 공포를 감춘 겁쟁이의 자세로 그는 여자 앞에 앉아 있어야 했다. 김달이가 아니었다. 그에게는 여자 아버지의 잔상만 그려졌다. 외면하면 할수록 또렷하게 형체를 드러낼까 봐 아슬아슬한 심정을 감춘 채 말이다. 침묵 중에 더럭 겁이 났다. 여자와 거리를 둬야 했다. 더는 일을 만들지 말아야 했다. 그런데도 그의 가슴은 이미 통제할 수 없는 부분에 가 닿았다. 여자의 말을 경청하고 여자의 행동에 따라 그의 앞날이 결정되리라는 예감을 불가항력으로 받아들이고 있었다. 침묵 외에 그가 할 수 있는 건 없었다.

밖으로 나간 여자가 접시를 들고 왔다. 접시 위에는 앙증맞은 사기잔이 올려져 있었다. 그의 시선을 꺾으며 여자가 빠르게 말했다.

"마셔요. 몸을 덥혀 주는 차예요."

그는 여자가 내미는 접시 위의 찻잔을 집어 올렸다. 마시고 보니 딱 한 모금의 차였다. 목울대를 타고 따스한 물줄기가 넘어갔다. 순간 후끈 얼굴이 달아올랐다. 여자는 화장대 위에 접시를 갖다 놓았다. 침대에 엉덩이를 걸치고 앉아 있던 그는 어찌할 줄 몰랐다. 여자가 그를 바라보고 미소지었다.

"당신에 대해 아무것도 몰라요. 알고 싶지도 않고요."

"……."

"당신은 사기꾼인지도 모르죠. 아니면 살인을 저지른 도망자 신세인지도 몰라요. 중요한 건 지금 나에겐 아무런 문제가 되지 않는다는 사실이에요. 우리는 여기 같이 있어요. 나는 당신이 좋고요."

그의 앞에 다가온 여자는 그의 눈을 뚫어질 듯 내려다보았다.

곧 여자가 그의 어깨에 손을 얹어놓았던 것도 같은데 이상하게 뒤로는 아무것도 떠오르지 않았다. 여자의 말대로 사기꾼이나 살인을 한 도망자가 되고 싶었던 것인지도 몰랐다. 시간이 뚝 잘려나간 것처럼 공백 상태에 머물러 있었다. 열감도 사라지고 기분이 바뀌었던 것 같은데 또 아닌 것도 같았다. 여자의 기분을 달래주고 싶다는 생각밖에 나지 않았는데 그것도 아닌 것 같았다.

잠시 후 여자가 말했다.

"이제 이 도시에 우리 두 사람만 남았어요. 우리가 아는 한 명은 오래 전에, 또 한 명은 오늘 묻혔어요. 그리고……."

그때 그의 귀에 새 지저귀는 소리가 들렸다. 그것이 여자의 방 밖에서 울렸던 것인지 아니면 자신이 묵고 있는 숙소 밖에서 들린 것인지 감을 잡을 수 없었다. 다만 그는 여자의 마지막 말만 가슴에 얹고 자신의 침대에 누워 있었다.

"우리도 묻히겠죠. 그곳이 어디든지요."

남겨진 시간

/

 그즈음 그는 매일 여자를 만났다. 여자의 시간이 여유로워져 있었고 또 그와 시간을 보내길 원했다. 그 또한 매시간 여자에게 충실해지려고 애썼다. 아침 식사가 끝나면 그는 서둘러 나갈 채비를 했다. 누가 먼저랄 게 없었다. 어느 지점에선가 둘은 만날 수밖에 없었다. 가던 곳은 정해져 있었고 걷다 보면 만날 수밖에 없는 규모의 도시였다. 더구나 그들은 이방인들이었다. 멀리서도 단박에 알아보았다. 한 번의 몸짓 혹은 옷차림새만으로도 금방 눈에 띄었다. 그는 활달한 걸음으로 거리를 걸어오는 여자의 환영을 늘 지니고 있었다. 둘은 지치지도 않고 걸어 다녔다. 식당에서 점심을 먹기도 하고 야외 카페에서 차를 마시기도 했다. 김달이와 영감의 묘소를 다녀오기도 했다. 그런 날에는 어디서 꺾어온 것인지 여자는 가는 꽃줄기 몇 가닥을 천 가방에서 꺼내 놓았다. 꽃들은 종이에 말려 있었고 대체로 시들 어 있었다. 여자는 두어 송이는 김달이 판돌에, 나머지는 영감 의 묘지 앞에 놓았다. 다음번에 가면 꽃들은 하얗게 말라붙어 있었다. 여자는 그것들을 털어내고 다시 시든 꽃을 놓았다. 그 는 여자의 끈기를 새삼스러워했다. 그 말을 전하자 여자는 손을 가리고 웃었다. 여자의 웃음소리가 좋았다. 여자와 그는 그저 노는 데 시간을 파는 아이나 마찬가지였다. 시간이 지나면 각자 집으로 흩어질 아이들처럼 그렇게 또 헤어졌다.

  계절은 어느새 바뀌어 있었다. 한순간에 너도밤나무 잎사 귀가 무성해졌다. 새들이 지저대다 떼 지어 날아올랐다. 새들 은 흡사 도시의 감시자처럼 촘촘히 나무에 박혀 있었다. 잠시 조용하다 싶으면 또다시 세찬 날갯짓 소리를 내며 나무를 바꿔 앉았다. 들판에는 야생풀들로 가득 찼다. 대지 위에는 이름 모 를 식물들이 하루가 다르게 쑥쑥 올라왔다. 그는 이 도시에서 겨울과 봄을 보냈고 또 새로운 계절을 맞이한 셈이었다. 더는 조직의 하달을 궁금해하지 않았고 덕분에 그는 철저하게 단절 되었다. 미래를 장담할 수 없었지만, 어찌 된 일인지 그는 편안 해져 있었고 조바심을 내지도 않았다. 대신 여자를 만나고 헤 어지는 일이 낮과 밤을 구분짓는 일과로 여겨졌다.

여자는 어릴 때의 이야기를 주로 했던 거 같다. 무슨 이유에선가 아버지는 담장 높은 곳에 갇혀 있었고 어린 여자는 엄마와 함께 면회를 다녔다. 비가 쏟아지는 날이었고 여자는 담벼락에 서서 엄마를 기다리고 있었다. 엄마는 쉽게 나타나지 않았다. 쫄딱 젖은 여자는 두려움보다 화가 나 있었다. 엄마가 사라졌다고 생각하기에는 너무 어려서였을 거라고 했다. 엄마는 여자를 두고 어디도 가지 않겠다고 말해 왔었다. 그러면서도 이렇게 살 수 없다고 했다. 아무도 엄마를 도와주지 않았다. 동네 사람들도 여자의 집을 모른 척했다. 집안은 그 자체만으로도 어둠에 잠겨 들었고 여자는 혼자 놀아야 했다. 어쩌다 이웃집 아이들이 기웃거릴라치면 재빨리 어른들의 손에 의해 저지당했다. 벽돌을 빻고 채송화를 찧어 소꿉놀이했다. 꽃의 진액들로 얼룩진 시멘트 바닥에 소꿉놀이를 늘어놓고 혼잣말로 놀았다. 무료하고 아련한 시간 속에 엄마는 넋 놓은 표정으로 마루에 걸터앉아 있었다. 가늘고 흰 종아리 밑으로 고무 슬리퍼가 신겨 있었다. 슬리퍼는 엄마 것이 아니어서 뒤가 덜렁거렸다. 어쩌다 일어나 움직일 일이 생기면 그걸 척척 끌고 다녔다.

여자가 소꿉을 차려 갖다 주면 엄마는 흐릿하게 웃어주었다. 여자가 차린 밥상을 엄마가 먹어주는 시늉을 해주길 바랐지만 그런 적은 없었다. 그래선지 엄마는 점점 기운이 없어졌다. 엄마는 힘 빠진 손으로 여자의 머리를 쓰다듬어 주고 방으로 들어가곤 했다. 등을 돌리고 누운 엄마의 허리가 꺾일 듯 푹 패여 있었다.

"가끔 생각하는 게 그 시절 뭘 먹은 기억이 없다는 거예요. 그렇다고 배고파했던 거 같지도 않아요. 가끔 밤에 누군가 다녀가기도 했던 거 같기도 하고. 아버지는 자신의 모습뿐 아니라 가족들의 모습도 바꿨어요."

아비의 직업이 무엇인지 그는 묻지 않았다. 아니 그는 여자에게 어떤 질문도 하지 못했다. 아비의 직업이 어부이든 학자이든 그게 무슨 상관이란 말인가. 실행에 옮기지는 못했지만, 그는 여러 번 여자의 입을 틀어막고 싶은 충동이 일곤 했다. 참는 것도 일이었다. 여자 아비의 직업을 궁금해하지 않은 것은 그의 뇌가 애써 차단하고 있어서인지도 몰랐다. 여자의 어린 시절을 더는 듣고 싶어 하지 않는 것도 같은 이유였다. 어쩌면 그는 본능적으로 알게 됐는지도 몰랐다. 여자를 처음 만난 날, 여자의 까만 눈망울과 꾹 다문 입술, 맑게 울렸던 음성을 처음 들었던 순간 알 수 없던 친밀감이 그를 이끌었다. 실마리를 풀 수 있는 사람도 바로 그였지만 그는 아무런 일도 하지 않을 작정이었다. 그랬다면 살 수 없을 것 같았다. 세상은 이런 일을 어떻게 정의할지 그는 신에게라도 묻고 싶은 심정이었다.

"어느 날 학교에서 돌아왔는데 모르는 사람들이 잔뜩 와 있었어요. 엄마는 방앞에 문을 열지 말라는 쪽지를 붙여놓고 목을 맸대요. 지금 생각해 보면 우울증이었는데 치료 한 번 못 받은 셈이지요. 벽에 아버지 양복을 걸어놓고 아버지 구두를 현관에다 놓아뒀던 기억이 나요. 나도 어렸지만, 엄마도 어렸어요. 그때 엄마가 뭘 해서 나를 먹여 살렸을까요? 직업도 없었고 아무런 일도 하지 않았거든요. 난 할아버지 집으로 보내졌어요. 그곳에서 학교에 다니는데 서울보다 더 심했어요. 멸시의 말들이 따라다녔어요. 선생들도 마찬가지였어요. 쑥덕대고 놀리는 소리에 학교가 싫었어요. 안 가는 날이 더 많았죠. 할아버지가 쫓아내면 울면서 걸어가던 기억이 나요. 다시 고모 집으로 보내졌어요. 조금 나은 환경이긴 했어요."

그도 무언가를 얘기해야 했다. 기억에 묻어두었던 이야기들을 복원시켜 여자와 함께 나눌 이야기를. 그 역시 엄마의 개가로 할아버지 집으로 보내졌다는 얘기가 있었고 지독한 외로움이 그를 키운 것인지도 모르겠다고 읊조리듯 말했다. 여자와 그는 어린 날을 공유했고 끝나지 않을 것 같았던 시간 속을 오갔다. 미래에 대한 두려움도 그때 증발했는지 모르겠다.

　이제 둘은 한정된 공간이 아닌 거리에서 만났고 거리에서 헤어졌다. 어쩌다 여자를 만나지 못하면 그는 혼자 숲속으로 들어갔다. 바지 아랫단이 젖도록 걸어 다녔다. 숲속 깊은 곳 그가 알지 못하는 장소에서 무언가 위협적인 것이 그를 표적 삼는다고 생각이 들 때도 있었지만 상관치 않았다. 혼자 있을 때는 여전히 사람의 시선이 없는 곳이 편했다. 숲만이 유일하게 그를 품어준다는 생각이었다. 때로는 찬기가 감도는 서늘한 숲에서 미라가 되는 것도 나쁘지 않겠다 여겼다. 숲은 조건 없이 그를 받아들이고 아무도 알지 못하게 해체시켜 줄 것만 같았다. 도심에서 멀지도 않은 숲이……. 그렇게 상념이 미칠 즈음 그의 몸은 어느새 숲에서 빠져나와 있었다. 어느 거리에서 여자를 만나게 되는 예감이 들었고 또 실제로 그렇기도 했다. 여자는 활달한 걸음걸이로 그의 시야에 들어찼다. 그들은 길어진 오후 햇살을 거리낌 없이 받았다. 왜 이제야 나왔느냐는 궁금증은 갖지 않았다. 둘은 뻔한 시내를 벗어나 호숫길로 접어들곤 했다. 바 근처는 가지 않았다. 여자가 소란스러움을 좋아하지 않았고 그도 싫어졌다. 피곤한 일은 만들 이유도 탓할 것도 없었다. 그들은 어린 연인처럼 서로에게 밀착돼 있었다. 여자는 김달이에 대해 말하곤 했다. 여자는 여전히 김달이에서 벗어나지 못했고 그는 또 그 사실마저 조용히 받아주었다.

걷다 보면 호수의 초입에 있는 매점에 도달해 있었다. 그곳은 문을 열지 않는 날이 더 많았다. 여름 햇살에 바짝 마른 의자 위에 둘은 나란히 앉았다. 호수를 바라보기 좋은 위치였고 해가 질 때까지 둘은 그렇게 앉아 있곤 했다. 해가 떨어지면 호수는 검게 물들어 거대한 땅덩이처럼 보였다. 깜깜해져서야 둘은 일어섰다. 띄엄띄엄 나타나는 가로등 불빛에 의지해 둘은 도심까지 걸어 나왔다. 출발점에서 아쉬움 없이 헤어졌다. 내일 또 만나자는 말 따위는 하지 않았다. 내일 만나지 못할 수도 있으리라는 것을 알아서였을까. 아니면 그런 마음을 내비치고 싶지 않아서였는지도 모르겠다. 항상 떠날 준비가 되어 있는 그로서는 언제 행동에 옮기게 될지 알 수 없었다. 다만 외면하고 싶은 일이기도 했다.

수도 여행

/

 어느 날 여자는 다녀와야 할 곳이 생겼다고 말했다. 조금 시간을 두다가 비자 연장을 말했다. 준비 서류가 필요하다고도 했다. 그즈음 여유롭던 여자의 시간이 떠올랐다. 가끔 여자는 혼자만의 생각에 빠져 있곤 했었는데 그는 알고도 모른 척했을 뿐이었다. 순간순간 감지되었던 그늘의 정체가 그것이었나 싶어 그는 여자가 안쓰러웠다. 한편으로는 자신의 둔감을 인정하면서도 같이 가면 좋겠다는 여자의 말에 그는 또 머뭇거렸다. 수도같이 큰 도시로 나선다는 것은 생각지도 못한 일이었다. 그를 알아볼 사람이 한 사람이라도 있을지 알 수 없었다. 하지만 여자가 빛나는 얼굴로 재촉하자 그는 어이없게 승낙하고 말았다. 여자는 내친김에 내일 당장 다녀오자고 했다.
 다음 날 그는 일찌감치 기차역에 도착했다. 밤새 들떴던 것도 사실이었다. 여자에게 들키지 않기 위해서 그는 평소보다 더 엄숙한 표정을 지었다. 그런 그를 보고도 여자는 아무렇지 않아 했다. 기차에 올라타고서야 그는 굳은 얼굴을 풀었다. 걱정은 달리는 기차와 함께 달아났다. 여자도 즐거워 보였다.

식당칸으로 건너갔다. 흔들리는 기차의 난간을 잡고 가는 동안 둘의 몸도 율동하듯 리듬을 탔다. 풀려나간 끈처럼 그도 가벼워졌다. 무슨 일이든 가능할 것 같은 최상의 몸 상태를 그는 오랜만에 느꼈다. 그런 그가 한 행동이란 여자 몫으로 티 한 잔을 시켜주고 자신을 위해 맥주를 주문하는 것이었다. 그런 행위는 그에게 뜻밖의 희열감을 안겼다.

둘은 의자에 앉아 나란히 창밖을 내다보았다. 양떼 무리가 한가로이 풀을 뜯고 있었다. 세상은 하늘과 들로 나뉘어 있었고 풀은 지평선의 표지처럼 끝없이 이어져 나갔다. 눈앞의 세계는 단순함의 극치였지만 어느 순간 흔적 없이 사라질 허무감도 갖추고 있었다. 그러니 스쳐 지나가는 풀들은 지금을 즐기라고 속삭여 주는 것만 같았다. 둘은 어깨를 흔들리며 반복되는 풍경을 지켜보았다. 풀밭에는 양들이 하얀 돌처럼 박혀 있다가 금세 시야에서 사라지곤 했다. 스틸 기둥으로 고정한 테이블 위에 놓인 각자의 음료가 조용히 물결쳤다.

"할머닌 저런 들판을 많이도 만났겠지요?"

티 한 모금을 마시다 말고 여자가 찻잔에서 입을 뗐다. 흰 찻잔에 립스틱 자국이 흐릿하게 묻어났다. 그는 맥주잔을 쥔 채 말없이 들판을 바라보았다. 끝없이 벌판을 걷고 있을 한 여자가 나타났다. 저곳에 몸을 숨길 공간은 없어 보였다. 매일 풀을 뜯는 양과 소 때문인지 풀의 길이도 길지 않았다.

"가난한 집에서 도망쳐 나온 아이가 잘못된 선택을 했을까요?"

여자의 손가락이 찻잔의 윗부분을 천천히 훑었다. 여자의 입가에 씁쓸한 웃음이 피어올랐다. 풀죽은 음색으로 여자는 또 말했다.

"결국은 제자리로 돌아오는 건데."

아버지에게서 벗어난 여자는 홀가분했다. 고모가 취직자리를 알아봐 줬는데 지방이 싫어서 내려가지 않았다. 고모는 가끔 아버지에게 가보라고 했지만, 여자는 아무런 대꾸도 하지 않았다. 무슨 배짱이었는지 서울 생활에 대한 기대도 있었고 자신도 있었다. 맨 먼저 구한 일터는 전화상담실이었다. 물론 생활이 되지 않았다. 두 번째 자리는 기획부동산 직원이었다. 어느 날 출근하고 보니까 사무실이 뒤집혀 있었다. 전달 치 월급도 받지 못한 상태였다. 그렇게 활발하게 움직이던 사람들이 한꺼번에 사라진 공간에서 여자는 한동안 넋을 빼고 서 있었다. 여자는 무슨 용기였는지 대표의 집을 찾아가 보기로 마음먹었다. 심부름하느라 근처까지 가본 적이 있었다. 대표는 한강이 조망되는 아파트에 혼자 살고 있었다. 현관문을 열어젖힌 대표는 아무런 경계심도 없었다. 사실 여자는 스쳐 지나가는 대표의 얼굴을 몇 번 봤을 뿐이었다. 찾아온 여자를 보고 대표는 멋쩍게 웃어 보였다. 곧 지갑을 열어 집히는 대로 지폐를 꺼내 여자의 손에 쥐여주었다. 혼자 마시고 있다며 들어와 한잔하고 가라고 여자를 이끌었다. 식탁엔 과자 부스러기와 치즈가 봉지째 널브러져 있었다. 집안은 정리가 안 된 엉망인 상태였다.

"골치 아플 땐 술이 약이지."

이내 콸콸, 와인 들이붓는 소리가 경쾌하게 들렸다. 여자는 잔을 받았다. 사실 집에 가봤자 할 일이라곤 일자리를 찾아 애쓸 일뿐이었다.

"돈 몇천으로 대박을 원하는 사람들이 있으니까 이 일이 계속되지. 내가 왜 이 일을 하게 됐는 줄 아나?"

대표가 쥐고 있던 유리잔을 빙글빙글 돌렸다. 잔 안에서 붉은 액체가 둥글게 둥글게 영역을 넓혀 갔다.

그날 대표는 도박사였던 자신의 아버지에 대해 말했다. 인생 자체가 선택의 연속인 걸 거부하는 자들이 도박사라고 했다. 여자는 그것이 무슨 소린지 알아들을 수 없었다. 대표의 결론은 딸 수 있다는 환상에 사로잡혀 도박했던 사람들은 실패할 수밖에 없다. 행운은 통제되는 것이 아니라 통제되어야 할 순간을 만들어 낼 뿐이다. 불확실의 바다에서 헤엄쳐 나올 줄 모르는 도박사들은 그저 로맨티시스트들이라고 했다.

여자는 대표의 다음 일에 합류하기로 했다. 여자에게도 세상의 행운이란 자비만큼 박하다는 것을 알게 해준, 한 사람이 있었기 때문이었다.

먹고 튄 사건이 두 차례 있었고 대표는 결국 구속됐다. 그동안 여자의 간도 부풀어져 있었다. 만져보지도 못한 돈을 입에 올리고 씀씀이도 터무니없이 커졌다. 그러면서 두려움에서 벗어났다고 믿었다. 어느 날 고모가 찾아왔다. 아버지가 죽었다고 같이 가자고 했다. 여자는 고모와 함께 병원으로 갔다.

"하마터면 자식도 없이 장례를 치를 뻔했구나. 도대체 뭘 하고 산 거야? 연락은 왜 이렇게 안 되고."

고모의 책망을 뒤로 하고 화장터로 향했다. 빈소도 없는 장례식이었다. 고모와는 달리 추억거리라곤 어두운 기억밖에 없던 여자는 맹숭맹숭한 기분이었다. 고모는 눈물을 찍어냈다.

"네 아버지가 얼마나 똑똑한 사람이었는지 아니?"

여자는 아무런 대답도 하지 못했다. 여자의 변해 버린 차림새에 고모가 힐난하고 있다고 생각했다. 여자는 사람에게 어떤 일도 일어날 수 있다는 사실을 이미 알았다. 아버지는 간첩이었고(세상 사람들은 그렇게 불렀다) 형을 마치고 나온 아버지는 정신이 나가버린 사람이었다. 그것에 대해 세상 사람들은 또 뭐라고 했었나. 독한 약을 먹어야 진정이 되고 아니면 미쳐 날뛰는 위험한 사람? 아버지의 육신은 엄마와 마찬가지로 여자의 눈앞에서 두 시간 만에 가루가 되어 나왔다. 아버지는 살아서도 죽어서도 여자에게 아무런 영향을 끼치지 못하는 존재라고 생각했다. 아버지의 유해는 생각보다 따스했다. 한 번도 느껴보지 못한 온기였다. 그제야 여자는 조금 서러워졌다.

"아버지를 몰라요."

여자는 겨우 입을 떼 말했다.

"오빠는 평생 자신과 싸워온 사람이야. 그곳에는 너도 네 엄마도 있겠지."

무언가 설명하고 싶어 하는 고모가 가여웠다.

"너라도 들여다볼 수 있겠지만 뭐 좋은 일이라고."

고모는 아버지가 아무런 흔적도 남기지 않고 흩어지는 것을 안타까워했다.

"이제 남은 피붙이라고는 너 하나다."

고모 자신에게 하는 소리라는 것을 여자는 알았다. 여자는 고모에 대해서도 별 감정이 들지 않았다. 넋두리 같은 소리도 여자는 흘려들었다. 그러지 않고서는 같이 살기 힘들었으니까. 공부를 곧잘 하던 고모를 대학에 보내지 않은 것은 할아버지였고 고모는 원망의 마음을 가졌다. 하긴 서울로 보낸 아들이 생각해 보지 못한 모습이 되어 돌아왔으니 자신의 원망이 할아버지의 한에는 미치지 못한다는 점도 빠트리지 않았다. 가끔 고모의 감정받이가 되어 줘야 했던 시간이 떠올라 여자는 기분이 착잡해졌다. 여자는 어려도 감정을 드러내지 않는 방법을 알았다. 망각에 기댔다. 그렇지 않고서는 숨을 쉴 수가 없던 시간을 보내온 탓이었다. 그래선지 여자에게는 누구에게도 기대치가 없었다. 사장은 그 점을 높이 샀다. 그러고 보면 사장의 사람 보는 눈은 정확한 편이었다. 돈을 따르는 것이 아니라 돈을 좇는 사람들을 좇았으니까. 그 방면으론 능력자였다.

사장이 구속되고 얼마 뒤 여자의 집에 검찰청으로부터 참

고인 조사 용지가 도착했다. 대표는 벌써 세 번째 기소를 앞두고 있었다. 이번에는 사기죄를 적용받을지 알 수 없었다. 앞의 두 번은 무혐의로 나왔다. 피해 금액을 토해낼 필요도 없었다. 여자는 법원 앞에 옹기종기 모여 있던 중년의 여자들을 익히 알았다. 대표의 말대로 천 단위의 돈으로 일확천금을 원하는 사람들이었다. 계약서를 작성한 것도 그들이었고 꿈에 부풀어 잔금까지 넣은 것도 그들이었다. 욕심에는 대가를 치러야 한다는 사실을 여자는 그들을 보고 배운 셈이었다. 여자는 바지사장을 내세운 기획부동산의 텔레마케터 상위자였고 이른바 당근책이었다. 여자에게 배분된 사례 금액을 보고 의욕에 불타던 직원들도 여럿이었다. 대표가 마련한 뒷자리에서 여자가 그 돈을 돌려주어야 한다는 걸 그들이 알 턱이 없었다. 그런데도 대표는 돈을 벌지 못했다. 잠긴 물건들 때문이었다. 물론 시간이 흐르면 토지분할을 해서 임자를 만나기야 하겠지만 돈이 되려면 시간이 필요했다. 돈이 막히면 말썽이 생기고 그것이 곧 경찰 조사로 이어졌다. 이제 대표는 유통 방향을 다르게 잡겠다고 벼르고 있었다. 대표가 태풍의 눈이 될 수 있을지 모르겠지만 여자는 그가 사회악이라는 생각이 들지 않을 수 없었다. 아마 그때가 처음 아버지에 대해 생각해 봤던 때였을 것이다.

아버지가 알았던 불의에 대해. 여자의 눈앞에 피해자들이 아우성치는 풍경이 그려졌다. 대표는 모여드는 사람들을 유리창 너머로 건너다보고 쯧쯧 혀를 차곤 했다. 먹이를 보고 달려드는 바퀴벌레들을 어쩌겠냐는 것이었다. 여자는 검찰청에 출두했다. 조사를 받는 동안 협조가 무엇을 의미하는지도 알게 됐다. 신분의 위태로움이 뒤따랐다. 사장이 문제가 아니었다. 사장 밑에 깔린 돈을 따르는 사람들이 문제였다. 여자는 떠나는 것을 선택했고 다시 원점에 선 기분이었다. 여자가 어떤 선택을 하든 그것은 자신의 몫이었고 아버지와 다를 바 없다는 것을 그때 알게 됐다.

수도의 플랫폼에 도착했을 때 부슬비가 내리고 있었다. 비가 잦은 나라였다. 해가 지면 기온이 뚝 떨어져 계절을 잊기 일쑤였다. 겨울 오버코트를 입고 다니는 사람들도 눈에 띄었다. 그는 새삼 적응하기 힘든 것이 이 나라 기후라는 것을 실감했다. 지도상으로 수도는 그가 머무는 호수 도시보다 한 뼘쯤 올라간 북쪽에 자리 잡고 있었다.

사람들이 일제히 플랫폼을 빠져나가는 것을 그는 한동안 바라보았다. 둘을 기다리는 사람이 있을 리 없었다. 그도 여자도 어깨를 좁혀 사람들 속에 섞여들었다. 역사를 통과할 때까지 그는 묵묵히 걷기만 했다. 말이 없기는 여자도 마찬가지였다. 그들이 살던 도시와는 달리 높은 건물들이 빼곡히 들어찬 역 주변은 위협적으로 느껴졌다. 한편으로는 다행스럽기도 했다. 그만큼 몸을 숨길 공간이 많다는 거였다. 역을 벗어나자 거대한 아치형 돌문이 보였다. 그곳은 마치 통과하기 위해 만들어진 장애물처럼 느껴졌다. 수도의 사람들은 거침없이 그곳을 넘나들었다. 둘은 우산도 없었다. 비를 맞으며 걸을 수밖에 없었고 겉옷부터 축축이 젖어가고 있었다. 목적지에 도착했을 때 주변은 어둠뿐이었다. 출입문은 굳게 닫혀 있었다. 원래 이렇게 일찍 닫는 곳인지 아니면 무슨 일이라도 있었던 것인지 알 수도 없고 물을 만한 곳도 없었다. 건물마다 사람의 그림자라곤 보이지 않았다. 둘은 불빛이 스며드는 작은 호텔과 바들이 모여 있는 거리까지 걸어 나왔다. 여자는 숙소부터 정해야 하지 않겠냐고 했다. 그러고 보니 그도 여자도 대책 없이 이곳으로 온 셈이었다. 비에 젖은 그는 자신의 꼴이 우습기도 했지만 어쩐지 통쾌하기도 했다. 여자와 함께라면 그는 거리를 날뛰기라도 할 것 같은 기분에 휩싸였다. 물론 여자는 그럴 마음이 전혀 없었는지 값이 싸 보이면서도 외관이 깨끗한 숙소를 고르기 위해 거리를 훑어 내려갔다. 여자는 모두를 지나쳤다. 그는 그런 곳이 영원히 나타나지 않았으면 좋겠다는 바람이 들었다. 특별한 이유는 없었다. 그냥 공처럼 거리로 튕겨 나갈 수 있다는 흥분과 어떤 뜻밖의 행운이 그를 찾아올 것 같은 예감 사이를 가볍게 넘나들었다.

겨우 작은 방을 골라 들어갔을 때는 꽤 늦은 시간이었다. 침대는 두 사람이 편하게 자지는 못할 크기였다. 그는 가끔 여기 사람들의 선조가 난쟁이가 아니었을까 하는 생각이 들곤 했다. 오래된 물건일수록 그랬다. 그는 침대 건너편 상자곽 같은 소파를 내려다보았다. 그곳은 잠을 잘 수 있는 공간이 되지 못했다. 네모난 공간 안에 몸을 맞춰 접는다면 어떤 자세를 취해야 할지를 가늠해 보는데 그의 시선을 의식한 여자가 말했다.

"침대에서 자는 수밖에요."

어쩐지 장난기 어린 음성이었다.

정작 침대로 들어간 그는 금세 자제력을 잃었다. 여자도 마찬가지였다. 그는 아무것도 떠올리지 않았다. 그는 여자에게 집중했다. 여자도 마찬가지였다. 그들은 마지막 밤을 보내는 연인들 같았다.

아침 햇살은 따사로웠다. 지난밤 젖은 보도는 빠르게 말라

갔고 가로수들은 생동감이 흘렀다. 물기를 머금은 잎사귀들은 날이 서 청청하게 빛났다. 호텔을 나선 그는 상쾌한 기운에 사로잡혔다. 이 거리가 어젯밤 한없이 헤매던 그곳이 맞나 싶었다. 전혀 다른 장소였다. 고풍스러운 석조 건물들이 늘어섰고 지하로 내려가는 계단에는 꽃 화분들이 줄지어 나와 있었다. 붉거나 노란, 보라와 흰 꽃들이었다. 물기를 머금은 꽃송이는 싱그러웠다. 창문마다 흰 레이스 커튼이 나풀거리고 있었다. 저곳에 사는 사람들은 아무 걱정 없이 행복하리라 싶었다.

그는 노상 카페에 앉아 신문을 보는 노인을 발견했다. 멋진 카이젤 콧수염을 기른 노인은 작은 커피잔을 앞에 두고 활자에 집중하고 있었다. 노인의 주변은 보석을 박아놓은 듯 빛이 났다. 지나가는 사람들은 하나 같이 활기차 보였고 거리에 있는 모든 것이 생동감으로 넘쳐났다. 저들은 살아 있다. 나도 그렇다. 그는 그렇게 외치고 싶어 목구멍이 근질거렸다. 여태껏 그는 잘못 살아왔다. 아니 알지 못했다 해야 옳았다. 어머니를 미워했지만 어떻게 미워해야 하는지도 몰랐다. 아내를 사랑할 줄 몰랐다. 그 가련한 여자를……. 이제는 달랐다. 아니 달라졌다. 충만한 에너지가 전신을 에워싼 후 세상은 그를 바보라 하고 아이라 놀렸다. 그는 받아들였다. 사랑이 그를 가르쳤다. 그는 아이처럼 발가벗고 있다는 느낌이 들어 자신을 돌아보았다. 그렇다 해도 부끄러울 것도 두려울 것도 없었다.

둘은 도심의 깊은 내장 속으로 걸어 들어가고 있었다. 새들이 노래하고 가로수들은 스스로 잎사귀를 흔들었다. 지나가는 자동차는 경적을 울렸다. 사람들은 둘을 향해 상냥하게 미소 짓고 지나갔다. 어서 오시오. 가게들은 문을 열고 둘을 환영했고 하늘을 스쳐 가는 비행기는 비행운을 남겼다. 그는 터럭 하나하나가 일어나는 기분을 맛보았다. 도대체 이게 무슨 일인지 알고 싶지도 않았다. 그는 여자에게 내가 몇 살로 보이오? 하고 묻고 싶었다. 상관없다고, 저는 아이랑 걷고 있답니다. 당신이 바로 그 애예요. 여자는 그렇게 말해 줄 거 같았다.

둘은 여자가 찾던 건물 앞에 섰다. 일 층을 빌려 쓰는 협소한 공간이었다. 여자가 분관 안으로 들어가고 그는 로비에서 기다렸다. 그는 로비에 설치된 가판대에서 반가운 활자의 신문을 발견했다. 이내 신문을 집는 손이 후들거리기 시작했다. 지면의 상당 부분을 차지한 사진이 눈에 들어왔기 때문이었다. 수의를 입고 나란히 서 있는 두 인물. 그들은 차례차례 나라의 통치자로 군림했었다. 한 명은 곁눈으로 누군가를 찾는 듯한 표정으로, 또 한 명은 턱을 치켜들고 있었다. 검은 활자로 찍힌 글자들이 눈에 띄는 순간 그는 온몸의 피가 솟구쳐 바닥으로 흘러내리는 기분이었다. 희대의 코미디 같은 이것이 대체 진짜일까 가짜일까. 어떻게 이 둘이 나란히 법정에 서게 된 것일까. 그가 없는 사이에 무슨 일이 벌어진 것일까. 그가 아는 둘은 거기에 있어서는 안 되는 사람들이었다. 그랬다면 그 역시 이곳에 와 있을 이유도 없었다. 그러나 지금 그는 이곳에 서 있다. 오늘 사랑한다고 믿게 된 여자를 기다리면서 말이다.

그는 우두커니 신문을 든 채 눈을 들었다. 창밖의 거리는 급속히 시들어가는 가을의 풍경처럼 을씨년스러웠다. 빌딩 숲 한가운데 그는 서 있었다. 생명감 넘치는 가로수들과 꽃 화분 따위는 없었다. 카이젤 콧수염을 기른 노인은커녕 지나가는 사람도 없었다. 하늘을 가리는 높은 빌딩들만 위압적으로 그를 내려다보고 있었다. 그는 어떤 느낌에 고개를 돌렸다. 저만치서 여자가 걸어 나오고 있었다.

당신은 누군가요

/

 수도를 다녀온 지 사흘이 지나서야 둘은 도심의 공원에서 만났다. 여자의 표정이 밝지만은 않았다. 딴생각에 잠긴 얼굴을 자주 보여주기도 했다. 어쩐 일인지 그도 여자가 잔뜩 어려워져 있었다. 감정을 다루는 데 능숙한 편이어서 내색하지 않을 뿐이었다.

 둘은 어깨를 맞대고 걷기 시작했다. 걸으면서 여자가 말했다.

 "그냥 갈 수도 있었어요. 일도 해결됐고요. 그런데 달이 할머니를 두고 가기가 내키지 않아서요."

 "어쩌자는 겁니까?"

 "모시고 가려고요."

 허허, 그는 자신도 모르게 헛웃음이 나왔다.

"누군가는 해야 할 일이 아닌가요?"

걸음을 멈춘 여자가 그를 똑바로 바라보았다.

"개인이 할 수 있는 일은 아니지 않겠소?"

그도 참지 않았다.

"모르겠어요."

"책임감 있게 들리지는 않는군."

"그래요."

여자가 그를 향해 들으란 듯 외쳤다.

"시간이 필요한 일이라고 생각했어요. 그런데 시간은 이미 터무니없이 흘렀다고요."

여자가 다시 걷기 시작했다.

"힘써주는 곳이 있다고 들었어요."

화를 누르는 음성이었다.

"세상이 달라져도 바뀐 것은 없을 거요."

"시신이라도 모셔 가야 하는 거 아니에요? 가족도 있을 거고요."

"가족이라고 나설 사람이 있겠소?"

"그거야 모르죠. 단정할 일은 아니라고 봐요."

"도대체 어쩌자는 거요?"

그는 여자를 돌려세웠다. 뭘 어쩌자는 것은 없었다. 다만 사태를 정리해야 했다. 이런 일에 휘말려서는 위험할 수밖에 없다는 생각이 그를 조바심 나게 했다.

"왜 이렇게 달라지는 게 없는 거죠?"

여자는 한심하다는 듯이 물었다. 그는 대답할 말을 찾지 못했다. 여자는 또 말했다.

"아버지라도 팔아 보려 해요."

"정신이 나갔군. 그게 무슨 소리요?"

어처구니가 없어 그가 소리쳤다.

그를 바라보고 있던 여자의 시선이 딴 곳을 향했다. 시선을 따라가 보니 가로수 밑에 주차된 자동차 뚜껑 위로 고양이 한 마리가 성큼 올라서고 있었다. 빳빳이 꼬리를 세운 채 고양이는 자신의 영역이라는 듯 보닛으로 미끄러져 내려왔다. 곧 몸을 웅크리고 앉아 그들 쪽을 바라보았다. 잠깐 침묵이 흘렀다.

"아버진 피해망상 외에는 아무런 일도 못했어요. 사회적 죽임을 당한 사람이나 마찬가지였던 거죠. 아버지 같은 사람은 그냥 흔적도 없이 사라져야 하는 건가요? 할머니도 그런 건가요? 세상 사람들이 원하는 게 그런 건가요?"

"당신 아버지가 김달이 할머니와 무슨 연관이 있겠소? 세상은 당신을 더 원할 거요. 당신이 피해를 볼 수도 있단 말이요."

"이보다 더 어떻게 피해를 볼 수 있죠? 난 어린 나이에 엄마가 자살하는 것도 봤다고요."

"당신은 이제 어린 소녀가 아니지 않소. 살아야 할 날이 더 많아요. 일상을 망칠 겁니까?"

"난 두렵지가 않아요."

"할머니를 여기다 둬요. 그녀는 스스로 왔습니다. 제 발로."

"우습네요. 스스로 왔든 타의로 왔든 그것이 중요해요? 제 발로 왔다고 할머니가 여기 묻혀야 할 법이 있나요? 제 나라에 묻힐 권리도 없는 건가요? 누구든 그래서는 안 되는 법이에요."

여자가 법이라고 말하는 순간 그의 입가에 조소가 흐르는 것을 어찌할 수 없었다. 법이 보호해 주지 못하는 영역을 충분히 겪지 않았냐고 소리라도 지르고 싶었다.

"당신은 바보로군요."

그는 겨우 그렇게 말했다.

"그래요."

여자는 수긍했다.

전쟁이라는 특수상황을 여자가 제대로 안다고 생각할 수 없었다. 그 또한 전쟁의 상흔을 피부로 느낀 세대가 아니었다.

점령군이 함부로 사람들을 처형하고 불을 지르고 겁에 질린 여자들을 강간하는 것을 영화나 기록물로 본 것이 다였다. 그래도 사람들은 전쟁의 상흔을 DNA로 갖고 태어난다고 들었다. 오래도록 흘린 피의 역사가 그것을 말해주고 있었다. 해결되지 않는 문제는 지금도 산재해 있다. 오래전 죽은 김달이도 그렇고 얼마 전 죽은 영감도 고통받다 죽기는 마찬가지였다. 하지만 그들 모두 가고 없는 사람들이었다. 당시 사람들의 생사여탈권을 쥔 점령군도 죽고 해결되지 않은 개인의 역사만 시간 안에 묻혔다. 그도 여자의 분개를 모르진 않았다.

그를 쳐다보는 여자의 눈동자가 천천히 흔들렸다.

"당신은 여기 왜 온 거죠?"

처음이었다. 여자의 질문에 그는 몸이 굳고 입이 닫혔다. 여자의 뒤에 희미하게 쳐져 있던 막이 걷히는 착시가 일었다. 그는 보았다. 여자의 아비였고 어미였고 영감이었고 김달이였던 사람을. 그들 모두 휘장이 되어 여자를 에워싸고 있었다. 그는 자신의 뒤를 돌아보았다. 도로의 영역만 보일 뿐 투명했다. 하긴 그가 용납하지 않았다. 그가 누구든 말이다. 그저 자신의 힘을 과신하고 살아온 세월만 남았을 뿐이었다. 노력의 대가도 있었다. 그걸 긍지로 여겼던 시절도 있었다. 그가 아는 세상은 속악의 세계였다. 그는 아직도 망령에서 벗어나지 못한 채 그곳에서 벗어나기를 두려워했다.

"나, 나는."

그는 말을 더듬었다. 방금 현실을 깨달은 사람처럼 머릿속이 새하얘졌다. 여자에게 마음을 놓지 말았어야 했다. 결과를 알면서도 그는 제 발로 걸어 들어갔다. 그는 후회막급한 심정으로 여자를 돌아보았다. 여자의 표정은 이미 예전으로 돌아와 있었다. 그가 아는, 여전히 미워할 수 없는 얼굴이었다.

여자와 헤어진 그는 혼자 길 위에 남았다. 몸도 마음도 무거웠다. 달아날 기회는 벌써 놓쳐 버렸다. 아니 애초에 없었던 건지도 몰랐다. 그는 억지로 한 발자국을 뗐다. 한 발짝이 힘들지 길은 또 걸을 수밖에 없었다. 걸어 내야 할 길이었다. 시간은 포기를 용인했다. 여자를 만난 것도 김달이를 알게 된 것도 영감이 죽은 것도 모두 동 시간대에서 일어난 일이었다. 지워버릴 수도 잊힐 수도 없는 일이었다. 방금 그는 여자에게 아무것도 기대하지 말라며 자신은 도와줄 힘이 없다고 냉정하게 말했던 것을 상기했다. 여자는 아니라며 힘이 된다고 말해주었다. 혼자였다면 엄두를 못 냈을 거라고. 그는 여자가 거짓말을 하고 있다는 걸 알았다. 그를 따라다니는 불온한 기운을 여자는 느꼈을 것이다. 하수구에 뒹구는 시궁쥐 같은 기분 나쁜 냄새를 풍기는 그것을 진작에 맡았을 거였다. 그는 그만한 눈치는 있는 사람이었다. 여자와 함께 있는 시간마다 그의 자격지심은 어김없이 발동되었다. 모르는 척 시침을 떼고 있었을 뿐이다. 그래도 시간은 갔다. 시간을 견디는 게 그가 가진 마지막 힘이었다.

"당신은 어떤 사람인가요? 사기꾼인가요? 아니면 사람을 죽였나요? 물론 이유가 있겠죠. 당신이 어떤 이유로 여기 와 있는지 알고 싶지 않아요. 내게는 아무 상관이 없다는 말이에요. 당신은, 그래요, 당신은 좋은 사람입니다."

여자는 그렇게 말을 쏟아놓고 되돌아갔다. 그는 아무런 대답도 하지 못했다. 자신을 표현할 어떤 말도 잃은 사람이 바로 그였기 때문이었다.

육 주 뒤 여자는 비자 연장에 실패했다는 소식을 전해 주었다. 서류는 제대로 갖춰 냈는데 이유를 모르겠다고 억울한 표정을 지었다. 단신의 젊은 여자가 체류 허가를 쉽게 받을 수 있는 나라가 아니었다. 여자도 모르는 것 같지는 않았다.

여자는 오랜만에 영감이 서 있던 장소에 가기를 원했다. 여자는 어쩐지 말을 아꼈다. 그 역시 무슨 말을 어떻게 해야 할지 몰랐다. 위로의 말을 할 수도 없었고 그렇다고 다른 모의를 할 수도 없었다. 체류의 자유가 없는 상태로 여자와 함께 이 도시 저 도시를 숨어다닐 수는 없었다.

여자의 눈에서 멀어져야 할 사람이 있다면 당연히 그였다. 그런데도 그는 미적거리고만 있었다. 몸에 맞지 않은 외투를 껴입은 채, 아니 마음의 갑옷을 두른 것인지도 몰랐다. 결국은 여자가 먼저 떠나야 할 상황을 보게 된 것이다. 여자가 떠나고 나면 홀로 남겨진다는 사실을 어떻게 받아들여야 할지 자신 없기는 마찬가지였다. 하긴 그런 일이 정말 일어나기라도 할 것인지 생각하기도 싫은 일이었다. 할 수만 있다면 모든 것을 원점으로 돌리고 싶었다. 여자를 모르던 때로. 영감을 만나지 않았을 때로. 이 도시를 선택하지 않았을 때로. 아내와 헤어지지 않았을 때로. 군대에서 그를 차출한 부대장의 의견을 따르지 않았을 때로. 그랬다면 조직의 도움으로 학부를 끝마치지 못했을 거였고 그는 자신이 알지 못할 전혀 다른 길로 갔을 거였다. 그편이 훨씬 나았을 수도 있으리라는 생각은 해보지 못한 채 여태껏 살아왔다. 이 길로 들어선 이래 그는 너무 많은 길을 숨 가쁘게 걸어온 셈이었다.

호수 진입로로 들어서자 여자가 입을 뗐다.

"김달이 할머닌 이곳에서 자신이 찾던 것을 찾았을까요?"

"그런 곳은 어디에도 없을 거 같소."

"그래요. 우리는 모두 그런 곳에 갈 수 없다는 것을 알아요. 천국처럼 희망 사항일 뿐이겠죠."

보도블록 위로 나무 그림자가 늘어서 있었다. 잎사귀를 인 나무들의 행렬이 계속됐다. 나무 아래는 서늘한 그늘이었다. 그새 여름이 지나가 버린 듯했다. 계절을 모르고 살기 그만인 나라. 사계의 기온 차가 크게 느껴지지 않는 곳이기도 했다. 그는 이 도시에서 남들처럼 사는 꿈을 가졌다. 그것도 여자와 함께 말이다.

도착한 영감의 자리는 빈터로 남아 있었다. 영감의 풍경이 사라진 호수는 더는 호수가 아니었다. 한 면이 지워져 버린 지도 같았다. 그도 여자도 허탈하고 애석한 표정으로 영감의 자리에 섰다. 어서 오시게 친구, 흥칫뿌릿 익살맞은 영감의 웃음소리가 금방이라도 들릴 것만 같았다.

"그리운 분."

애틋한 말투였다.

"어이없게 가셨어요."

영감의 죽음이 자신의 탓이라고 돌리는 여자였다.

"당신 탓이 아니잖소. 술을 많이 마셨지."

"그래도 건강해 보였어요."

맞는 소리이긴 했다. 소뼈 같은 영감의 골격이 떠올랐다. 둘은 영감이 온종일 시간을 보냈을 자리를 쉽게 떠날 수가 없었다. 기억 속에 남아 있는 추억들이 소걸음처럼 느릿느릿 눈앞에 흘러 다녔다.

또 다른 방문자

숙소에 도착했을 때 또 다른 방문자가 그를 기다리고 있었다. 호텔 주인 남자가 다소 짓궂은 표정으로 그를 불러세우지 않았더라면 당연히 지나치고 말았을 거였다. 남자가 가리키는 쪽으로 눈을 돌렸을 때 낯선 여자가 창가 앞 일인용 의자에 앉아 있는 게 보였다. 여자는 고개를 숙이고 책에 몰두하고 있었다. 그가 다가가자 천천히 책에서 눈을 떼고 일어났다. 키가 크고 골격이 좋았다. 그는 이유 없이 영감이 떠올려졌다. 여자는 자신을 애나, 라고 소개했다. 모르는 여자였다. 여자가 구사하는 언어는 단순했고 몇 안 되는 단어로도 편안하게 대화를 유도했다. 그를 배려하는 차원 같았다. 여자가 보고 있는 책은 과학책이었다. 학교 선생 아니면 행정공무원? 곧 그의 직업병이 발동했다. 그는 꼬리를 물고 이어지려는 의문을 자신의 의지로 잘라냈다. 나쁜 일 같지는 않았다. 낯선 여자의 표정이 그랬다. 그도 최대한 안정적인 모습을 보여주기 위해 노력했다. 상대에 대해 전혀 몰랐기 때문이었다.

애나는 자신을 영감과 같은 아파트에 살던 할머니의 손녀라고 설명했다. 그는 기억해 냈다. 술 취한 영감을 집까지 데려다준 크리스마스 저녁, 계단 밑에서 그와 영감을 올려다보던 의심 가득한 눈초리의 이웃 노파를. 그가 들어가고도 한참이 지나서야 아래층 문 닫히는 소리가 들렸었다. 나이트가운을 걸친 채 위층 영감의 방앞까지 쫓아 올라와 닫힌 문에 귀를 댔을지도 모른다는 생각도 했던 거 같다. 그는 솔직히 그런 노파들의 눈이 제일 두려웠다. 수상쩍은 이방인을 신고하는 사람은 늘 그런 유형이었다. 처음 이국 생활을 시작할 때 한 차례 당해본 경험이 있어 경계대상이 될 수밖에 없었다. 영감의 장례식에도 동그란 회백색의 머리 뭉치를 얹듯이 머리에 올린 노파를 본 것도 같았다. 손녀와는 다르게 몸피가 유독 작았던 것도 같은데…….

영감이 가고 그는 딱 한 번 영감의 아파트를 향해 걸은 적이 있었다. 이유는 없었다. 산책 중에 일어난 일이었다. 아파트는 어렵지 않게 찾았다. 그날 밤에는 꽤 멀었다고 생각했는데 훨씬 가까운 장소였다. 그는 영감의 방 창문을 올려다보았다. 닫혀 있었다. 아직 비어 있는 것은 아닐까, 하는 쓸데없는 생각도 들었다. 시에서 주는 아파트였다면 벌써 딴사람 차지가 됐을 것이다. 공연히 그는 영감의 아파트에 살 수 있다면 어떨까 하는 가정도 해보았다. 얼마나 살아야 여기 정부 아파트에 살 자격이 되는 건지 그로서는 알 수 없었다. 새삼 김달이가 대단해 보였다. 이국에서 견뎌야 할 세월을 그만큼 견뎌낸 뒤에야 가능한 일이기 때문이었다. 그 역시 시간을 견디는 중이었다. 할 수만 있다면 그도 김달이만큼 견뎌내고 싶었다. 물론 가능한 일이 아니라는 것쯤은 잘 알고 있었다. 언제 멈춰 버릴지 모를 시간만이 그의 몫으로 남아 있었다.

"당신을 본 적이 있어요."

애나가 말했다.

"장례식에 오셨군요."

애나는 그날 할머니와 함께 왔다고 했다. 이어 할머니는 요양원에 들어갔으며 할머니 집을 정리하는 중이라고 했다. 아무래도 전해줘야 할 물건 같아서 갖고 나왔다고 그의 눈치를 살폈다. 애나는 바닥에 내려둔 가방을 무릎 위로 옮겨 놓았다. 조심스러운 손길로 하나씩 꺼냈다. 탁자 위에는 다섯 개의 판자가 펼쳐졌다. 크기는 제각각이었지만 어른의 두 손바닥 크기만 했다. 한 눈에도 조악한 그림들이었다.

"할머니 집에서 발견했어요. 버릴 수가 없었어요."

그의 시선을 느낀 애나가 할머니는 다시 집으로 돌아오기가 어려울 거라고 알려주었다. 그렇게 말하는 애나의 얼굴에 잠시 그늘이 얹혔다 사라졌다.

"할머니에겐 의미 있는 물건이었을 거예요."

담담한 말투였다. 자신의 감정을 다스리는데 능숙한 여자였다. 전문직에 종사할 것도 같았다. 그의 촉수는 또 움직였다.

애나는 무슨 이유에선가 그를 전혀 경계하지 않았다. 영감처럼 그저 동족일 거라는 이유로 그에게 물건을 전하는 무모한 사람 같지는 않았다. 다만 도시에서 이제 그를 모르는 사람이 없는 상태가 아닌가 하는 의구심이 들었다. 그 사실이 더 충격적이었다. 그는 어떤 내색도 없이 고맙다는 말을 대신했다. 애나는 그럴 줄 알았다며 일어섰다. 그는 이것이 필요한 사람들이 있을 거라고 애나에게 말했다. 그들이 누구인지 그로서도 알 수 없었다. 하긴 여자에게 전해 주면 뛸 듯이 좋아할 물건이긴 했다. 그토록 찾고 싶다던 김달이의 기록물일지도 몰랐다. 어쩌면 김달이가 손수 그렸을지도 모를 그림이었다.

또 다른 방문자

애나와 그는 호텔 입구에서 헤어졌다.

"둘은 특별한 사이였어요."

묻지 않으시네요, 하는 표정으로 애나가 알려준 말이었다. 세상에는 뜻밖의 기적 같은 것이 있긴 있는 모양이었다. 물론 그는 그따위를 믿지 않고 살았던 것이고, 믿지 않았기 때문에 여기까지 올 수 있었을 것이다. 그는 생각해 보지 못한 사람을 만나 김달이가 남겼을 수 있는 물건들을 전달받았다. 아직도 김달이를 기억하고 그녀의 물건을 간직하고 있는 사람이 있다니. 기억을 간직하는 사람들이 세상에 있다. 그의 머릿속에 그런 문장이 조합되었다. 기록이나 흔적이 어떤 해악을 끼쳤는지 그는 잘 알고 있었다. 그는 그런 사람들을 다루는 데 능숙했다. 그것이 족쇄가 되어 평생을 끌고 갔던 사람들을 그는 또 알고 있었다. 그렇게 만들기 위해 조사를 담당했던 부서의 얼굴들이 떠올랐다. 그는 갑자기 속이 뒤틀려 구토증을 느꼈다. 손을 뻗어 계단 난간을 움켜잡았다. 천천히 숨을 몰아쉬며 울렁증을 달랬다. 한 발짝씩 걸음을 뗐지만 어쩐 일인지 나머지 손은 가볍게 느껴졌다. 그는 방으로 들어와 침대 위에 판자를 나란히 펼쳐 놓았다. 역시 조악한 그림들이었다. 크레용으로 그렸는지 분필로 그렸는지 알 수가 없었다. 아니면 둘 다 사용했을 수도 있었다. 손에 잡히는 대로 그림을 그리며 노는 아이들이 연상됐다. 그림의 어떤 부분은 뭉개져 있기도 했다. 꼼꼼히 살펴보니 전면에 왁스를 입혀 놓은 것을 알 수 있었다. 그림을 보관하고 있던 사람의 손길인지 아닌지는 알 수 없었다. 그림의 형태가 지워질까 걱정스러웠는지 아니라면 오래 간직하기 위해서? 애나도 그걸 알아보고 그에게 가지고 왔을 것이다. 김달이와 동족이라는 이유로. 여기 사람들을 그는 정말 이해할 수가 없었다.

그림에 하나씩 눈길을 옮겼다. 배를 타고 있는 여자애와 울고 있는 또 다른 여자. 하늘에는 꽃과 새를 그려놓았다. 봄이라는 느낌을 주었다. 키 큰 남자와 작은 여자애. 그리고 군인으로 보이는 남자와 여자들의 머리(하나같이 검었다), 하늘에서 내리는 비. 그것이 포탄일 거라는 생각도 들었다. 물론 추측이었다. 정확하게 뜻을 짚어 낼 수는 없었지만 헤아려 볼 수는 있는 그림이었다. 김달이가 그린 것만은 분명하다는 확신이 들었다. 그는 그림들을 포개 침대 밑에 소중하게 넣어두었다.

다음날 만난 여자에게 그는 그림 이야기는 하지 않았다. 갖고 나가지도 않았다. 그는 김달이의 일이 확대되지 않고 조용히 묻히기를 희망했다. 또 그렇게 되리라고 믿는 사람이었다. 김달이 역시 그것을 원할 거라고 단정 지었다. 여자는 여기 사람 중 누구라도 달이 할머니를 아는 사람이 있을 거라고 말해왔었다. 물론 그 역할을 그가 해주기를 원하면서 말이다. 하긴 그도 움직여 보았다. 안 좋은 결과를 가져왔지만. 그런데도 여자는 그가 더 움직여주기를 바라고 있었다. 그는 뚜렷한 대답은 하지 않은 상태였다. 여자가 원하는 대로 움직여줄 수는 없었다. 예전의 그라면 달랐을지도 몰랐다. 자신이 사람을 좌지우지할 힘이 있다고 믿었던 그였다. 여자의 말에 도움을 주기 위해 백방으로 힘을 쓰는 자신을 쉽게 상상할 수 있었다. 자신의 힘이 뻗쳐 얻을 수 있는 역량을 저울질하면서 말이다. 그런 상상은 그를 허탈하게 만들었다. 말이 되는가. 그는 이미 조직에서 내쳐졌는데. 그림을 여자에게 가져다줘야 했다. 여자는 그림들을 소중히 다룰 거였다. 그가 가지고 있을 물건도 아니었다. 그걸 알면서도 그는 그렇게 움직이지 않았다. 그는 그런 인간이었다. 아직도 자신의 힘을 저울질하고 싶어 하는 마음이 남아 있어서였을까. 약한 여자를 상대로 말이다. 그는 자신이 가소로워 미칠 지경이었다. 한편으로는 그것이 마지막 패가 될 수 있다는 생각이 들었다. 어쩌면 김달이의 그림을 이용해 그의 발을 묶어놓은 상황에서 벗어날 기회를 만들 수 있지 않을까 하는 얕은 생각을 가져보았다. 그럴 만한 가치가 있는 것인지 알 수 없으면서도 그런 생각에 몰두했다. 지푸라기라도 잡고 싶은 심정이었다. 그는 복잡한 심경으로 여자에 집중할 수가 없었다.

여자와 서둘러 헤어졌다. 발걸음은 바로 향하고 있었다. 엠과 통화하고 싶었다. 신문 기사를 봤다며 어떤 일이 있었냐고 물을 예정이었다. 엠은 있는 그대로 답변해 줄 거였다. 기사까지 나온 마당에 그를 속일 수도 속일 일도 없었다. 엠은 다음 행동 강령을 전해야 했다. 그는 움직일 준비가 충분히 돼 있다고 답할 차례였다. 예전의 그로 돌아가야 했다. 그러니 뭐든지 하달하라고 말하려 했다.

그의 생각과는 달리 반복적인 수신음만 귀가 따갑게 들릴 뿐 통화는 이루어지지 않았다. 수화기를 제자리에 꽂으며 그는 욕을 뱉었다. 분노가 치솟았다. 자신을 이렇게 홀대하는 이유가 뭐냐고 따져 묻고 싶었다. 누구든 눈앞에 나타난다면 둘러치기로 바닥에 처박고 싶은 심정이 부글거렸다. 물론 생각뿐이었다. 그런 말을 할 수 있는 상대는 어디에도 없었고 유일한 끈인 엠과 척을 질 수도 없었다. 엠 또한 하수인에 불과하다는 것을 그는 잘 알고 있었다. 한편으로는 홀가분한 심정도 들었다. 절망도 희망도 이제 그 자신이 결정해야 했다. 이렇게 되려고 여기로 돌아온 것이나 마찬가지였다.

그의 감정은 바닥까지 가닿았다가 되돌아왔다. 엠과의 불통이 준 선물 같았다. 그는 바 문을 열어젖혔다. 실내에는 사람들이 득실거렸다. 파티가 있는 모양이었다. 그편이 나았다. 존재감을 드러내지 않고 한잔 하기에. 새삼 바에 있는 사람들이 모두 남자라는 것을 깨달았다. 상관없는 일이었다. 모두 흥청거리고 마셔댔다. 그도 한 잔 시켰다. 오랜만에 보는 바텐더는 그에게 농담 걸 여유도 없이 바빠 보였다. 그는 마티니 한 잔을 받아쥐고 구석진 자리를 차지하고 앉았다. 무리 지어 둘러앉은 남자들은 크게 떠들어댔다. 그를 제외하고 하나같이 유쾌해 보였다. 얼른 한잔 하고 가려 했던 그도 본의 아니게 그들 속에 끌려들었다.

"아는 얼굴이 아닌가?"

"복권방에서 봤던 거 같은데."

"아니야. 거기가 아니야."

"그럼 어디야?"

"네 마누라 침대지 어디긴 어디야!"

우하하하, 모두 소 울음소리를 내며 몸을 흔들어댔다. 곧 대화는 그를 건너뛰어 딴 사내로 넘어갔다. 탁자가 흔들리도록 술잔 속의 액체가 넘치도록 웃고 떠들어댔다. 갑자기 그는 이 도시에서 그럴듯한 모습으로 살아가고 있다는 착각이 들었다. 나쁘지 않았다. 그는 진심으로 이 도시 사람이 되고 싶었다. 여기에서 전혀 다른 모습으로 살아가고 싶은 꿈을 가졌다. 구멍 난 목장갑을 끼고 뜨거운 군밤을 굴리고 있는 자신의 모습이 그려졌다. 누군가 코끝이 까만 그에게 다가와 당신은 좋은 사람이라고 말해주는 그런 삶이 바로 눈앞에 있는 듯 다가왔다.

요양병원

/

애나는 또다시 나타났다. 공원 벤치에 앉아 무료하게 시간을 보내던 때였다. 마치 애나는 그가 어디에 있는 줄 알고 찾아온 사람처럼 한 치의 망설임이 없었다. 이제 그는 이 도시에서 대놓고 개방된 사람 같았다. 그가 어디에 있는지 무엇을 하는지 누가 말이라도 해주고 있는 것인지. 하긴 그는 이 도시에 유배 온 사람이 맞았다. 사찰당하는 사람은 결국 노출되기 마련이었다. 원하든 원치 않든 그의 움직임이 남에게 관심거리라는 사실을 그는 다시금 확인한 셈이다.

애나는 처음 만난 날과 같은 차림새였다. 낡은 모직 치마 위에 굵은 올로 짠 갈색 스웨터. 키 큰 애나에게 썩 잘 어울리긴 했다.

"할머니가 당신을 보기를 원해요."

그녀는 자신이 온 이유를 그렇게 밝혔다. 처음 만났을 때와는 달리 강한 악센트를 썼다. 그는 애나를 따라나섰다. 길가에 차가 주차돼 있었다. 연식이 오래된 작은 승용차는 그가 앉자 도로에 붙어버릴 듯이 주저앉았다. 놀란 그의 표정에 애나가 가벼운 웃음소리를 냈다. 어쩐지 비난으로 들려 그는 얼굴을 붉혔다. 곧바로 시동이 걸렸다. 작은 차는 의외로 속도감 있게 도심을 빠져나갔다. 병원은 도시 외곽에 있었고 꽤 달렸다. 애나는 줄곧 입을 닫고 있었다. 차 안에는 정적이 흘렀다. 그는 당신의 할머니는 죽나요, 라는 말을 입안으로 굴렸지만 내뱉지는 못했다. 그건 육감에 가까웠고 애나가 그를 찾은 이유가 그것 외에 뭐가 있겠나 싶었다.

병원은 오래된 석조 건물이었다. 정원도 어마하게 넓었다. 병원 뒤로 잡목들이 어지럽게 뒤엉켜 있는 게 보였다. 손보지 않아 오래 방치된 곳 같았다. 철조망이 쳐진 것이 눈에 들어왔다. 그래서인지 병원 건물은 따로 서 있는 듯 휑해 보였다. 애나는 이곳이 전쟁 때 야전 병원으로 쓰였다고 알려 주었다. 지금은 너무 낡아서 개축될 예정이라고도 했다. 현관을 향해 걸어가면서 한 말이었다. 애나는 빠르게 말했고 그는 알아들었다는 듯 고개를 끄덕여 주었다.

"할머니가 나를 키웠어요. 할머닌 평생 결혼하지 않았어요."

"김달이와 같군요."

"맞아요. 할머니를 따라 그녀의 집을 방문했던 기억이 있어요. 집은 깨끗했고 정리가 잘 되어 있었어요. 가끔 요리를 해주기도 했어요. 매운 채소를 넣은 뢰스티가 기억나요."

매운 채소? 뢰스티? 그는 김치를 넣은 감자 부침을 떠올렸다.

김치의 후예인 김달이. 갑자기 그는 가슴 언저리가 뜨뜻해졌다. 맵싸하고도 고소한 기름 타는 냄새가 잡힐 듯 코끝에 다가왔다. 동시에 애나 할머니가 궁금해졌다. 어떤 사람이었기에 김달이와 친분을 나누게 되었을까. 김달이와 함께 전쟁 속에 내던져졌던 것은 아닐까. 이방인과 친구가 될 수 있었던 사람. 김달이는 그녀를 따라 여기까지 오게 됐던 것은 아닐까. 죽은 이방인 친구를 잊지 않고 그녀의 조악한 그림을 간직하고 있던 사람. 알코올 중독자인 윌리엄보다 김달이에 대해 많은 것을 알고 있을 것 같았다.

병원 안도 넓었다. 높은 회랑이 줄지어 있는 실내는 차갑고 냉한 기운이 서려 있었다. 가끔 간호사들이 어두운 표정을 지은 채 환자 기록철 같은 것을 들고 종종걸음으로 나타났다 사라지곤 했다. 환자들은 보이지 않았다. 모두 병실에 있는 것인지 소리조차 없었다. 지나치게 높은 회랑이 소음을 다 먹어버린 것인지. 이유 없이 그는 이 장소에서 가장 어울리지 않는 사람이 바로 자신이 아닐까 하는 의구심이 들었다. 동시에 그는 왜 아무런 저항 없이 여기까지 따라왔는지 이해할 수가 없었다. 결국에는 김달이 일에 자진해서 끼어든 거나 마찬가지였다. 점점 깊이, 발을 빼기도 힘든 상황 속으로 끌려가고 있다는 생각이 요동쳤다. 그는 이 상황에 관해 누구에게라도 묻고 싶었다. 엠이라면 조언을 해 줄까. 그럴 것 같지 않았다. 여자는 더구나 아니었다. 무슨 말로 어떻게 설명할 것인지 그조차도 알지 못했다. 도움을 줄 상대는 어디에도 없었다. 애나 역시 건물로 들어서자 어두운 표정을 지은 채 말이 없었다. 그는 묵묵히 애나를 뒤따랐다. 애나는 109호실 앞에서 걸음을 멈췄다. 병실 문이 열렸다. 하얀 이불을 뒤집어쓴 채 뒤통수만 드러낸 침대의 주인이 보였다. 회색 머리카락이었다. 몸피가 작아선지 이불의 형태는 누에고치를 연상시켰다. 애나가 다가갔다. 고개를 숙여 이마에 입을 맞추자 침대의 주인이 얼굴을 치켜들었다. 그는 자신도 모르게 헉! 소리를 내지르고 뒤로 물러섰다.

"자해했어요."

돌아보지도 않고 애나가 말했다. 침대의 주인은 얼굴 절반이 함몰돼 있었다.

애나는 다정한 손녀였다. 할머니의 귓전에 대고 속삭이듯 애정을 표현했다. 사랑스러운 소녀의 모습 그 자체였다. 그때까지 침대의 주인은 눈을 뜨기 위해 안간힘을 쓰고 있었다. 일그러진 주름마다 경련이 뒤따랐다. 곧 안타까이 눈물 한 가닥을 떨구며 벌어지듯 눈이 열렸다. 동공이 자리를 잡기 위해 또 시간이 걸렸다. 밑의 광대뼈도 함몰돼 움푹 패여 있었다. 자해가 아니라 심하게 구타당한 모습이었다. 애나는 그녀에게 몇 번이나 입을 맞추고 이마를 쓸어 주었다. 그녀의 얼굴에서 멀쩡한 데는 보랏빛 입술뿐이었다. 경련이 잦아들자 애나 할머니의 시선은 그를 향했다. 뭐라고 말을 내놨지만 알아듣지 못했다. 애나가 가까이 오래요, 라고 전해 주었다.

"젊은이."

그가 겨우 알아들은 말이었다. 그녀의 목에서 새 나오는 말들은 그저 그의 귀를 스쳐 갈 뿐 어떤 조합도 이루지 못했다. 애나가 연결해 주었다. 애나는 할머니가 지금 뭐라 하네요, 또 무슨 말을 묻고 있네요, 라고 통역사처럼 전해 주었다.

애나에 의하면 헛간에서 죽어가고 있는 김달이를 발견한

사람이 할머니였다. 고열이 나고 심하게 말라 있었다. 음식을 가져다주고 옷과 이불을 가져다주었다. 모두가 배고프던 때였다. 당신의 나라는 어땠는가. 전쟁이 끝나도 아무것도 해결되지 않았다. 또 다른 아픔이 생겼다. 마을 사람들은 우리를 멸시했다. 엄마는 실어증에 걸렸고 나는 혼자였다. 김달이가 유일한 말벗이었다. 말을 가르쳐 주고 농기구 사용법도 알려 주었다. 일을 잘했다. 남의 집 농사도 거들어주었고 먹을 걸 얻어오기도 했다. 그때를 어떻게 살아냈는지 당신이 알 수 있겠는가.

갑자기 애나의 할머니가 두리번거리기 시작했다.

"왜 아무도 보이지 않는 게야? 모두 어디로 간 게야? 아기, 아기는?"

"할머니 탓이 아니야. 오오, 할머니."

순간, 눈앞의 그녀들을 오래전부터 알아 왔다는 기시감이 그의 전신을 훑어내렸다. 정신을 놓치면 안 된다고 주문처럼 되뇌었지만 마음대로 되지 않았다. 백색 칠을 한 벽과 방안을 떠도는 냉한 기운. 방안의 풍경이 낯설지가 않았다.

"할머니는 독일군의 아이를 가졌고 그 아이가 내 엄마예요. 전쟁이 끝나고 할머니는 아이를 뺏겼어요. 아이는 국가에서 운영하는 보육원으로 보내졌고요. 할머니는 한 달에 한 번

정해진 날만 아이를 볼 수 있었어요."

낮과 밤도 알 수 없이 켜진 형광등의 불빛이 방안의 모습을 내장 속같이 비추는 느낌이었다. 그는 가격당한 듯 몸을 휘청거렸다. 뼛속까지 통증이 느껴졌다. 이건 현실이 아니다. 나는 이곳을 모른다. 알 리가 없다. 나는 저 여자들을 알지 못한다. 본 적이 없다. 그의 입은 그렇게 외쳐댔다. 여자들은 그런 그에게 전혀 신경을 쓰지 않았다. 여전히 그녀들이 전하고 싶은 말만 할 뿐, 그의 고통은 안중에도 없었다. 과거와 현재의 시간이 방안을 휘감아 빙빙 돌았다. 벽까지 밀려간 그는 회오리에 휩싸이기 직전이었다. 가까스로 그는 문고리를 움켜잡았다. 불에 덴 듯 손바닥이 뜨거웠다. 그대로 밀고 뛰쳐나갔다. 제일 먼저 눈에 띈 곳은 흰 창이었다. 밖으로 하늘이 보이고 우거진 잡목들이 보였다. 들어오기 전에 본 것들이었다. 그는 그곳을 향해 달려갔다. 나갈 데라고는 그곳밖에 없는데 그새 보이지 않던 창살이 쳐져 있었다. 그는 소리쳤다. 살려달라고, 여기 죽어가고 있는 사람이 있다고. 그의 음성은 밖으로 나가지 못하고 회랑 안에서 흩어졌다. 곧 그의 눈앞이 하얘졌다.

"당신 괜찮나요?"

눈앞에 애나가 보였다. 그의 몸은 어느새 건물 밖으로 나와 있었다. 마치 누군가에 끌려 나온 것처럼 옷매무새가 흐트러져 있었다. 정신은 들었지만 조금 전 일어난 일에 판단이 서지 않았다. 그가 무엇을 본 것인지. 오래된 석조 건물만이 애나의 등 뒤에 위압적으로 버티고 서 있었다. 그는 그런 건물이 주는 위압감을 누구보다 잘 알고 있었다. 쉽게 잊기는 힘든 장소였다. 그가 열정을 바쳐 일하던 곳이기도 했다. 짐승들을 포박해 모조리 이빨을 빼놓는 일을 하는 사람이 바로 그였다. 애나 할머니의 꺼진 얼굴을 보자 과거는 단박에 회송되었다. 애나를 따라나서지 말았어야 했다. 김달이를 모르는 시간으로 돌아가야 했다. 이곳을 빠져나가 아무도 그를 모르는 곳으로 달아나야 했다. 전혀 낯선 장소에서 엠에게 전화를 걸고 그의 동선을 쉼 없이 보고해야 했다. 엠의 음성이 수화기를 타고 흘러나오면 그는 안도의 숨과 함께 엠이 주는 정보를 귀담아들으리라. 전 통치자가 구속되어도 조직은 건재할 것이며 그들의 정보력은 다음 정권에서도 이어진다는 사실을 명심하라고 엠은 말해 줄 거였다. 그는 한숨을 돌리고 엠의 명령에 따라 움직일 준비를 하면 됐다. 여자 때문에 뒤죽박죽된 일상부터 바로 잡아야 했다. 아니다. 여자가 아니라 김달이로부터 비롯되었다. 그를 무너뜨린 건 여자가 아니라 김달이였는지도 몰랐다. 애나의 할머니가 한몫했다. 애나도 매개체 역할을 맡았다. 도대체 그가 왜 이 여자들 곁에 오게 된 것인지 이제는 알고 싶지도 않았다.

　돌아오는 차 안에서 그는 불편하기 그지없었다. 그는 좀체 애나 할머니의 얼굴에서 벗어나지 못했다. 갑자기 차창 밖의 나무들이 휘청거리기 시작했다. 센 바람이 불어 작은 차는 도로 밖으로 밀려나는 느낌을 주었다. 나무들은 일제히 한 방향으로 휘어져 바람을 막아내고 있었다. 빗물이 콩 튀듯 유리창을 두드려댔다. 그는 눈앞에 일어난 풍경을 생경하게 바라보았다. 휘어진 나무와 눈앞의 빗방울, 작은 차 시트에 몸을 묻고 내려앉듯 자리 잡은 그도 현실감이 들지 않기는 마찬가지였다. 아니다. 그는 무자비한 자연에 내몰린 인간이나 다름없었다. 미쳐 방백하며 세상을 떠도는 자가 바로 그였다. 모자라는 단어가 들어간 호수 도시에서……. 이게 실제가 아니라고 누구라도 말해주기를 원했다. 스스로 꿈속에 있다고 그는 생각했다. 빨리 깨야 한다고 자신을 채찍질했다. 깨고 나면 모든 것이 사라지고 없는 게 된다고 그러면 아무런 자책도 없을 거라고, 여자도 김달이도 영감도, 애나와 그녀의 할머니도 전혀 알지 못하는 시간으로 돌아간다고 그는 그렇게 생각했다. 모자라는 단어가 들어간 호수 도시는 애초에 존재조차 하지 않았다고…….

마을 사람들은 하나같이 문을 걸어 잠갔다. 한나의 눈앞에서 벌어진 일이었다. 마치 누구도 자신들의 딸은 해치지 못한다는 것을 알려주는 것만 같았다. 얼마 지나지 않아 그들의 딸도 끌려들어 오게 되리라는 것을 꿈에도 알지 못할 때였다. 자신의 눈앞에서 닫히는 문을 지나칠 때마다 한나는 속으로 하나둘 숫자를 셌다. 끌려가고 있다는 사실을 잊고 싶었는지도 모르겠다. 또 한나는 집에서 잡던 돼지나 닭과 오리에 대해서도 생각했다. 꿀꿀거리거나 꽥꽥거리거나 혹은 세차게 깃을 치며 푸드덕거리거나, 생명이 끝나는 순간까지 동물들은 제 짓을 멈추지 않았다. 그녀의 귀에는 절박한 그들의 소리가 아직도 담겨 있었다. 어쩌면 한 번쯤은 눈으로 봤는지도 모를 일이었다. 엄마와 오빠가 그 일을 맡았고 그녀야말로 집안에 들어가 꿈쩍도 하지 않았다. 소름이 끼쳐 귀를 막았는지도 모르겠다. 물론 요리로 만들어졌을 때는 얌전하게 식탁에 앉았다.

오빠는 벌써 군인으로 차출되어 집을 떠났다. 마을 사람들은 오빠를 제일 먼저 전쟁터로 내몰았다. 마을 노인 몇 명과 경찰관이 그녀의 집을 방문했다. 경찰관은 당당하게 오빠의 입대원서를 내보였다. 오빠는 울면서 밖으로 뛰쳐나갔다. 노인들은 엄마를 위로했다. 그들이 떠나자 엄마는 마을 사람들이 오빠를 제일 먼저 희생양으로 삼았다고 울부짖었다. 그녀의 집은 마을에서 외따로이 있었다. 오래전 그들은 뜨내기로 마을에 들어왔었다. 더구나 아버지 없는 가난한 농가에 불과했다. 오빠는 밤이 돼서야 돌아왔다. 바짓단이 젖어 있었다. 얼굴은 기름을 칠한 듯 번들거렸다. 한나는 오빠를 따라 가끔 숲속으로 가곤 해서 오빠가 어디에 있었는지 대충 알 수 있었다. 오빠는 야생 버찌와 산딸기 넝쿨 숲을 알고 있었다. 작은 소가 있는 냇가에서 메기를 잡을 수 있었다. 오빠는 한나를 위해 나무 잎사귀로 바람개비를 만들어 주기도 했다.

화로 앞에 앉은 오빠는 한나를 보자 흐릿하게 웃어 보였다. 한나가 간직한 마지막 오빠의 미소였다.

그들 모두는 오빠 나이로 보였다. 키는 컸지만 어른 얼굴이 아니었다. 어렸지만 난폭했다. 그들은 모두 한 덩어리가 되었다. 그녀를 야유했고 함부로 대했다. 한나는 여기저기를 끌려다녔다. 그럴 때마다 만신창이가 되어갔다. 나중에는 머리카락이 한 움큼씩 빠져나가기도 했다. 처음에 한나는 그들의 머리를 셌다. 나중에는 아무 짓도 하지 못하게 됐다. 뇌가 멈춰버린 것 같았다. 짐승이 되어버렸다는 느낌도 없었다. 꿀꿀거리거나 꽥꽥거리거나 푸드덕거릴 수 있는 순간도 시간적 여유가 있어야 가능했다. 한나는 다시 그런 순간을 만난다면 외눈 하나 깜짝하지 않고 그들의 죽음을 볼 작정이었다. 그제야 한나는 죽어야 집으로 돌아갈 수 있다는 사실을 깨달았다. 오빠도 돌아오지 못할 거였다. 엄마 혼자 언제까지고 그들을 기다릴 거였다. 그 생각에 미치자 한나는 가슴이 미어져 왔다. 살아야 한다는 의지를 냈다면 그때였을 것이다. 한나는 다리를 끌고 나가 바닥에 얼굴을 찧었다.

한나는 한밤중에 집으로 돌아왔다. 그들은 더러운 똥 덩어리 버리듯 한나를 내다 버렸다. 집까지 걸어온 기억은 없었다. 몇 번이고 나뒹굴었다는 기억만 어렴풋이 났다. 돌아온 한나는 넋 빼고 있을 수만은 없었다. 엄마는 정신이 반쯤 빠져나가 버렸고 집안의 노동력은 한나뿐이었다. 버려진 밭에서 감자라도 캐야 했다. 얼마 후 한나는 몸의 변화를 알아챘다. 정신을 놓아버린 엄마는 의논 상대가 될 수 없었다. 한나의 배가 차츰 불러왔다. 독일군의 아이를 밴 한나는 관리 대상이 되었다. 양식이 지급되었고 우수 혈통의 씨앗을 보존하는 임무를 가지게 됐다.

엄마가 아기를 거두었다. 아기를 안고 창문 아래 앉은 엄마는 평화로워 보였다. 엄마는 아기를 한나로 착각하고 있었다.

한나는 복잡한 얼굴로 둘을 바라보곤 했다. 하지만 어떤 일도 할 수 없었다. 만약 했다면 바보 같은 짓일 뿐이었다.

전쟁이 끝나고 독일군도 사라졌다. 쑥대밭이 된 마을도 재건에 힘쓰고 있었다. 군인으로 나갔던 남자들도 하나둘 돌아왔다. 그들 중에 오빠는 없었다.

어느 날 경찰관이 그녀의 집을 찾아왔다. 그가 내민 종이에는 그녀가 양육권을 잃게 된다는 내용이 적혀 있었다. 한때 우수 혈통으로 인정받던 아이는 그렇게 국가가 정해준 보육원에 보내졌다. 그때도 한나는 아무런 행동을 할 수 없었다. 돼지나 닭, 오리처럼 꿀꿀거리고 꽥꽥거리고 푸드덕거리는 행동 따윈 할 수 없었다.

아이가 떠나가도 한나는 감자를 심고 줄기 콩과 옥수수를 수확해야 했다. 실어증까지 더해진 엄마는 이제 자리에서 일어나지도 못했다. 말 한마디 하지 못하는 날들이 계속되던 어느 날, 농기구를 가지러 들어간 헛간에서 깡마르고 작은 여자를 발견했다. 자신과는 전혀 다른 얼굴을 가진 여자였다.

침묵을 깨고 애나가 입을 뗐다.
"나는 오랫동안 국가권력과 싸워 왔어요. 그게 내가 할 일이라고 생각했으니까요. 책임자가 죽고, 수상이 사과하기까지 많은 시간이 걸렸어요. 할머니는 그것 때문에 김달이 할머니가 돌아가야 한다고 생각해요. 내 생각도 같아요."

그는 단단해 보이던 애나의 이미지가 이것이었나 싶었다.

"이런 비는 처음이에요."

그가 꿈적도 하지 않자 애나가 이곳은 태풍이 불어온 적이 없었어요. 구대륙이라 기후가 온화한 편이에요, 라고 했다. 그는 이곳에 온 이후 온화하다고 생각해 본 적이 없다는 사실을 새롭게 떠올렸다. 계절이 건너가는 내내 그는 기후에 둔감했다. 그러고 보니 그야말로 겨울 외투를 세 계절에 걸쳐 입곤 했다. 서늘한 아침 기온이 감돌면 망설임 없이 외투를 걸치고 나왔다. 그만 그런 것도 아니었다. 여기 사람들은 도무지 계절에 상관없이 살고 있었다. 고요하고 잠잠하게 제 동선을 지키며 살아도 아무런 문제가 없는 사람들을 그는 한편으로 부러워했다. 반평생을 호숫가로 출근하는 영감도 마찬가지라고 여겼다. 그가 머무는 도시가 어떤 곳인지 그는 제대로 알려고 하지 않았다. 큰 호수를 가지고 있으나 물고기를 잡지도 먹지도 않는 여기 사람들을 그저 미스터리 하게만 생각했다.

"이곳 사람들은 큰 고통을 갖고 있어요. 아픔은 새로 태어나는 아이에게도 전해진답니다. 시간이 알게 하는 거지요. 어떤 일은 너무 오래 걸리기도 합니다. 학교에서 그걸 가르치다 멈추었어요. 알고 싶어 하지 않는 사람들이 늘 있으니까요. 성인이 되고 내 생활은 싸움의 연속이었어요. 그런데 거기에 김달이 할머니가 있다는 사실을 최근에 깨달았어요. 잘못된 일이에요. 그것이 당신을 찾게 된 이유지요."

사죄의 한마디 말을 얻어듣기까지 많은 일을 겪은, 모자라는 단어가 들어가는 호수 도시에 그는 와 있었다. 운명 따위는 믿어본 적이 없는 그가 말이다.

그는 결국 김달이를 아는 사람들을 다 만난 셈이었다. 그는 떠듬거리며 애나에게 물었다.

"내가, 무엇을, 할, 수, 있을까요?"

애나에게서 아무런 대답이 없었다. 대신 눈보라 같은 비를 헤치는 창밖만 뚫어지라 쳐다보았다. 잠시 후 애나는 생각난 듯이 말했다.

"방법이 있을 거예요. 시간이…… 그렇지요, 시간이 걸릴 뿐이에요."

침묵의 장소

/

애나는 그를 시청 앞 광장에 떨구어주었다. 그는 애나의 차가 떠나는 걸 지켜보았다. 연기를 내뿜으며 자동차는 골목 속으로 빨려들어 가듯 사라졌다. 신기하게도 도심에는 비의 흔적을 찾을 수 없었다. 건물들과 가로수, 광장에 박힌 돌에는 메마른 바람만 박혀 있을 뿐이었다. 그는 혼란스러움에 사로잡혀 광장을 가로질러 걸어갔다. 시청 앞에서 사진을 찍고 있던 한 무리의 관광객이 보였다. 그들은 전혀 다른 말을 썼는데 심한 파찰음으로 와자지껄 떠들어대고 있었다. 그들이 슬라브 말을 쓴다는 것을 그는 알았다.

보직도 없었던 때, 그는 조직에서 여러 언어에 대한 학습을 받은 적이 있었다. 그는 그 시간을 꽤 좋아했다. 기본적인 소양에 불과한 강의였는데도 새로운 언어에 대한 도전은 신선했다.

젊은 남녀들이 뒤섞인 그곳에서 그는 진지하게 수업을 받던 몇 안 되는 사람 중 한 명이었다. 테스트에서 우수한 성적을 받았다. 하지만 그에게 떨어진 임무는 전혀 다른 것이었다. 조직은 언어가 가지는 속성을 백분 활용하고 있다는 사실을 그는 차츰 깨닫게 됐다. 상대를 압도할 때도 필요했지만 상대를 위로할 때는 더욱 그러했다. 상대의 마음에 정서가 깃들 때를 체득하기까지는 시간이 필요했다. 그러니까 바로 그 지점 전에 투입되는 자가 바로 그였다. 조직원들은 그 순간을 놀이라고 불렀다. 놀이라니, 아무리 생각해도 적합한 단어는 아니었다. 그에게도 상당한 에너지가 필요했다. 하긴 수월한 일이 아니었기에 반어적 단어를 갖다 붙인 것인지도 몰랐다. 설득, 결국 필요한 것은 그거 하나였다. 언어의 기능을 그렇게 학습시키다니. 그의 귀는 열려 있되 닫혀 있었고 상대의 귀는 그의 말을 전적으로 의지하게 만들어야 했다. 상대가 벌을 받고 있다고 생각하게 해야 했다. 지옥을 벗어나는 방법이 하나밖에 없다고 만들어야 했다. 그 지점은 반드시 나타났다. 아주 작은 틈을 비집고 들어가 상대의 사고를 깨부수고 뒤죽박죽으로 만들어 버릴 연결점을 찾아 그도 땀을 흘렸다. 그중에는 강한 의지력을 내보이는 이도 있었다. 하지만 상대의 입에서 기괴한 흐느낌을 뱉게 만드는 게 그가 맡은 일이었다. 차갑고 강렬한 형광등 불빛 아래 그는 행위 예술가나 다름없었다. 상대의 혼이 빠져나갈 때까지 그의 행위는 계속되었다.

그는 막 어둠의 그림자가 내려앉기 시작하는 시청 건물을 우두커니 바라보았다. 시청은 전쟁 때 소실되었고 도시 대부분도 폭격당했다. 복원된 시청 건물은 도시의 대표 건물이 되었고 관광객들은 잠시 머물며 사진을 찍었다. 건물 안의 사람들이 제대로 일을 하지 않는다는 여자의 말이 떠올랐다. 과거의 일을 해결하기에는 그 이상의 시간이 필요한 법이라는 애나의 말도 떠올랐다. 누가 미래를 알 수 있을까. 차라리 우연이었다면 나았을까. 왜 하필 그 자리에. 왜 하필 그때.

그는 시청 뒷골목으로 걸어 들어갔다. 그곳에 작은 미술관이 있었고 맞은 편에 시립 도서관이 있다는 것을 그는 알고 있었다. 물론 그는 두 건물 다 들어가 본 적이 없었다. 그림 따위엔 관심이 없었지만 책이라면 달랐다. 조직원들은 수시로 사상 교육을 받아야 했고 점수는 고가에 반영되었다. 그도 책을 꽤 읽는 축에 속했다. 그는 도서관 건물 계단을 밟고 올라섰다. 실내는 쥐죽은 듯 정적이 감돌았다. 아직 문 닫을 시간은 아니었다. 그는 자신의 발걸음 소리를 들으며 걸어 들어갔다. 왜 이곳을 선택했는지 그는 알지 못했다. 걸음이 그를 이끌고 있었다. 그는 건물 깊숙이 들어갔고 책장들이 늘어선 서고 안으로 접어들었다. 벽마다 고풍스러운 장식의 알전구들이 빛무리를 만들어내고 있었다. 고즈넉한 분위기였다. 그는 '아시아'라고 쓰인 책장 앞에서 걸음을 멈추었다. 책은 한눈에 들어왔다. 그는 그것을 끄집어냈다. 하필 이 자리 이 시간에. 그는 책의 저자를 알아보았다. 그제야 그는 자신이 이곳에 와 본 적이 있다는 사실을 깨달았다. 그런데도 꼭 처음인 것만 같았다.

시인은 국제기구에 의해 알려졌고 권위 있는 상을 받을 뻔한 적도 있음을 그도 익히 아는 사실이었다. 그는 시인의 시구절을 떠올려 보려고 애썼지만 허사였다. 한때 시인의 시집은 그의 책상에 올려져 있었고 시구들은 찢어진 육체처럼 파헤쳐졌다. 그의 일은 아니었다. 그것들을 관찰하고 판단하는 조직원들은 따로 있었다. 아마도 시인은 그들의 감시망에 오래 놓여 있었고 결국은 걸려들었을 거였다. 시인은 도착하자마자 옷이 벗겨지고 수십 대의 매를 맞고 실신할 지경이 되어서야 그의 앞에 도착했다. 엉망이 된 시인의 얼굴을 그는 분명히 기억하고 있었다. 그를 바라보는 공포에 질린 시인의 눈은 마치 짐승 우리에 들어가 숨이 멎기 직전의 그것과 같았다.

"이 자를 알 거야!"

모른다는 대답은 소용없는 짓임을 그만 알고 있었던 것일까. 이제 모든 것은 시인에게 달렸다. 시인의 마음 먹기에. 그제야 그는 시인이 쓴 시구를 기억해 냈다.

나는 그곳에 있었다.
무자비한 눈빛 아래.
나는 침묵했다.
사물은 날아가고 뼈는 탈구되는 곳.
그곳을 벗어나니 기억은 얼음에 박혀 있었다.
감각이 사라지는 곳.
내가 침묵했던 곳.
참을성 있게.
사물의 눈.
나를 증명하라.

기억에 발전기라도 달린 것인지 봇물 터진 듯 읊어졌다. 시인은 행방불명이었다. 아니 실종되었다. 언론은 시끄럽게 떠들어 댔다. 조직은 시인의 실종에 관여하지 않았다. 시인은 스스로 실종된 셈이다.

그는 시집을 손가락으로 좌르르 훑어 내렸다. 찰진 종이의 감촉이 튕기듯 손끝을 스쳤다. 그는 표지에 박힌 시인의 얼굴을 내려다보았다. 평범한 얼굴이었다. 시인은 형 집행은 피했다. 그가 쓴 시 때문은 아니었다. 그런 것에 구애를 받던 시절이 아니었다. 형 집행을 피한 이유는 시인이 침묵하지 못해서였다. 시인이 분 대상자는 더 큰 선에서 그림이 꿰맞추어졌다. 오래 살고 싶다고 쓴 시인의 시구도 떠올랐다. 시인은 어디로 갔을까. 시인이 죽었음을 그는 어렴풋이 안다. 깊은 산속에서 목을 맸거나 아니라면 강 밑에서 아직 떠오르지 못하고 있을 거라는 짐작을 조직은 하고 있었다. 시인이 원하는 죽음이었는지도 몰랐다. 그는 시집을 제자리에 꽂아 넣고 딱딱 쳐서 열을 맞춰 놓았다. 시인의 맑은 눈에 자기혐오도 사라지고 이제는 진짜 얼음이 박혔을지도 몰랐다. 하긴 해체되어 너덜너덜해질 만큼 시간이 흘렀다. 해결되지 않는 무엇으로 남게 될 시인의 행적. 그곳이 어디든 시인은 자신의 기억을 거기에 묻었을 거였다.

그는 도서관의 뒤뜰로 내려왔다. 사각형의 뜰 안에는 잘 가꿔진 잔디가 깔려 있고 가운데는 돌로 만든 사자머리 분수가 박혀 있었다. 물은 멈춰져 있었다. 그래서인지 아무런 소리도 들리지 않았다. 시간이 멈춰진 것 같았다. 어둠만이 주위를 감돌았다. 돌기둥에 몸을 기댄 채 그는 오래 그곳을 바라보고 서 있었다.

이별 통보

여자가 떠날 날을 알려 왔다. 비자가 연장되지 않아 억울하다는 표정이었다. 달이 할머니 일이 해결을 보지 못해 안타깝다고 했다. 시장은 늘 출타 중이었고 담당 공무원은 행정상 보류 중이라고만 한다고. 여자는 역에서 배웅을 받고 싶다고 했다. 그 말을 전달할 때 여자의 음성은 사무적이었다. 마치 통보한다는 식이었다. 영문을 몰랐지만 그렇다고 여자에게 물을 수는 없었다. 미래를 장담할 수 없는 그가 할 수 있는 일은 없었다. 여자는 수일 내로 열차에 오를 것이고 그는 그것을 지켜보게 될 거였다. 창가에 앉은 여자를 올려다보면서 그가 어떤 표정을 지을지 아무리 생각해도 대책 없는 일이었다. 여자에게 아무도 둘을 찾을 수 없는 곳으로 달아나자고 말할 수는 없었다. 그런 곳이 있을 리도 없었고 여자가 동의하리라는 보장도 없었다. 사실 그건 더 두려운 일이었다. 여자의 이별 통보도 그걸 말해주고 있었다. 여자는 이미 마음을 고쳐먹은 얼굴이었고 평소와는 달리 냉랭해 보이기까지 했다.

    그는 다시 여자가 어떤 사람인지 의문에 사로잡혔다. 그가 아는 여자는 조용했고 동정심이 많았으며 다정했다. 아니었다. 그가 눈이 멀어 그렇게 판단하고 있는지도 몰랐다. 그는 여자의 아버지를 정확하게 기억해 내지 못했다. 그렇다고 여자에게 확인할 수는 없는 노릇이었다. 여자는 왜 여기까지 와서 그와 가까워진 것인지 상상하지 못할 일도 아니었다. 영감을 통해 자신의 존재를 알리고 김달이를 이유로 그를 끌어들이고 매듭짓기를 원하다가 이제는 훌쩍 떠나간다는 것이 그걸 뒷받침해 주고 있는 것이 아닐까. 그런데도 그는 부인하고 싶은 거였다. 그는 여자의 말에 어떤 대답도 하지 못했다. 단지 자신에게 진저리가 쳐졌다. 그는 그런 인간이었다. 이성적 판단을 앞세워 차가운 내면을 유지한 채 살아왔다. 어머니를, 아내를, 그리고 누구보다 그에게 치도곤을 당한 사람들에게 그는 뱀같이 차가운 인간이었다. 여자에게 김달이의 판자 그림을 가져다주지 않은 이유도 마찬가지일 것이다. 그의 속에는 여자를 믿지 못하겠다는 얄팍한 수작이 도사리고 있었다. 어쩌면 그가 가진 마지막 패가 될지 모른다는 예감을 저울질하면서. 그제야 그는 예전의 자신으로 돌아온 기분이 들었다. 그가 아는 세상은 정의로웠다. 거기에 자신의 몫도 있다고 자부했다. 세상이 그를 손가락질할 이유도 원인도 없다고 그는 믿어 의심치 않았다. 이제 그는 여자를 깨끗하게 단념할 시간만 남겨 두고 있었다. 더구나 여자는 떠난다고 하지 않는가. 잘된 일이었다. 이제 그는 깃털처럼 가볍게 여기를 떠나면 아무 문제가 없게 됐다.

여자와 헤어진 그는 곧바로 바 입구에 놓인 전화부스를 향해 달려갔다. 엠의 음성을 듣기 위해서였다. 엠과 좋았던 시절을 떠올리며 애원이라도 하고 싶었다. 한때 엠은 그를 동경한 적이 있었다. 그의 탄탄한 입지와 카리스마를 부러워했다. 함부로 가질 수 없는 자리라고 여기는 눈치였다. 그러다 하루아침에 위치가 뒤바뀌어 버렸다. 엠은 그의 직속 상관이 되었다. 다행히 엠은 모나지 않게 관리직을 수행했다. 그와 부딪친 적은 없었고 그 또한 불만을 품지 않았다.

전화기 너머 아무 응답이 없었다. 신호음만 그의 귓속을 파고들었다. 그는 수화기를 바닥에 내동댕이치고 싶은 충동이 치솟았다. 이게 뭐냐고, 나를 여기다 던져 놓고 어쩌자는 거냐고. 내가 언제까지 침묵할 줄 아느냐고. 나의 앞날에 대한 보장이 없다면 어떤 상황이 올지 모른다며 엄포를 놓고 싶었다. 물론 일어날 일도 아니었다. 그는 조용히 수화기를 내려놓고 큰길로 걸어 나왔다. 거리로 나오자 아직 남은 햇살이 그의 눈을 찔렀다.

   시린 눈 속에 이상하도록 애나가 떠올랐다. 참을 수 없게 그녀를 만나고 싶었다. 어디로 가야 그녀를 만날 수 있을지 그는 알지 못했다. 당연한 일이었다. 애나가 어디에 사는지 그에게는 아무런 정보가 없었다. 그는 난감한 표정을 지은 채 길 위에 서 있었다. 방향 감각을 완전히 잃은 사람처럼 우두커니 선 채로였다. 그는 동으로도, 서로도, 남으로도, 북으로도 갈 수 없는 사람이 되어 있었다. 더구나 그를 행복하게 했던 여자가 아닌 오직 애나가 보고 싶은 이유가 무엇인지 자신도 알지 못했다. 그저 그녀의 따뜻한 배려 아래 몇 마디 말이라도 나누고 싶었다. 김달이에 대한 얘기여도 상관없었다. 영감에 대한 얘기여도 괜찮았다. 그녀의 할머니와 둘의 관계에 대해 어떤 얘기라도 듣고 싶었다. 세속적인 얘기도 괜찮았고 이해 못할 불분명한 관계여도 상관없었다. 셋은 이인삼각 경기자처럼 서로를 의지하는 존재였으리라는 사실을 그는 눈치채고 있었다. 각기 다른 상대를 갈구하다 원망하고 결국에는 저주하고 죽고 뛰어내리고 혹은 술에 찌든 인물로 전락하는 시대의 희생자들.

갑자기 그의 눈이 휘둥그레졌다. 애나 같은 여자가 눈에 띄었기 때문이다. 서둘러 뛰어갔다. 전혀 다른 얼굴의 여자가 의아한 눈으로 그를 올려다보고 있었다. 옷도 전혀 다른 차림새였다. 그제야 그는 정신이 돌아왔다. 자신이 서 있는 거리가 비로소 형체를 갖추고 눈에 들어찼다. 낯익은 보도블록과 가로수들, 띄엄띄엄 주차된 자동차와 조각품 같은 맨홀 뚜껑까지. 애나로 착각한 여자가 시야에서 사라지자 길 위에는 오롯이 그 혼자였다. 머리 위의 전선을 따라 구름이 느릿느릿 흘러갔다. 애나는 애초에 있지도 않은 인물처럼 느껴졌다. 또 환영 속에서 헤맨 건가. 그는 그만 가슴이 답답해져 미칠 것 같았다. 뛰기 시작했다. 애나 할머니가 살던 건물을 향해. 뭐라도 하지 않는다면 그는 폭발해 버릴 것 같았다.

낡은 4층의 건물은 그날따라 더 추레해 보였다. 지붕에 얹힌 까만 삼각뿔을 보자 그는 가슴이 철렁 내려앉았다. 애나의 할머니는 자신이 살던 건물의 옥상에서 투신했다고 했다. 영감의 장례식이 끝난 뒤였다고 했다. 삼각뿔에 등을 대고 천천히 옆으로 한 걸음씩 옮겨 갔을까. 뛰어내리고 싶을 정도로 죽고 싶어서. 그때도 태양 빛이 남아 있었을까. 왜 애나의 할머니는 살고 싶지 않았던 것일까. 애나에게 이유는 듣지 못했다. 애나 할머니의 인생에 영감이 어떤 역할을 하지 않았을까 하는 정도의 추측만 해봤을 뿐이었다. 하긴 그들 셋의 일이 그와 무슨 상관이 있으랴 싶었다. 있어도 상관 말아야 할 일이었다. 그러나 그는 지금 애나 할머니와 윌리엄이 살던 건물 앞에 서 있다. 어떤 힘이 그를 여기까지 오게 했는지 어리둥절한 표정을 지은 채로 말이다. 그는 당연히 건물의 비밀번호를 기억해 낼 수 없었다. 출입구 앞에서 그는 잠시 서성거렸다. 이내 참지 못하고 방문자 버튼을 눌렀다. 영감이 살던 집 버튼이었다. 세 번을 누르자 목 질린 남자 음성이 터져 나왔다. 그는 말을 더듬으며 자신이 그 집에 살던 사람의 친구라는 것을 밝혔다. 상대는 아무런 대꾸 없이 문을 열어줬다. 들어가는 문의 느낌이 묵직했다. 그날처럼 가파른 계단이 눈앞에 드러났다. 그는 영감의 집이 아닌 아랫집으로 올라가기 위해 계단을 택했다. 문 앞에서 그는 또 잠시 머뭇거렸다. 이윽고 문을 두드렸다. 금방 문이 열렸다. 아기를 안고 있는 젊은 여자가 나왔다. 경계하는 눈빛이 가득했다. 이곳에 살던 할머니에 관해 물었다. 그러자 여자는 자신은 이 집에 삼 년째 살고 있고 그런 할머니는 본 적이 없다고 잘라 말했다. 어안이 벙벙해진 그는 위층의 윌리엄에 관해 물었다. 여자는 윌리엄은 죽고 지금은 다른 사람들이 들어와 살고 있으며 얼마든지 그를 만나 볼 수 있다며 진저리 나는 표정을 지었다. 또 다른 술주정뱅이가 들어왔다는 뜻으로 읽혔다. 그가 고맙다고 말을 할 틈도 없이 코앞에서 문이 쾅 닫혔다. 계단을 밟고 내려오는 그의 다리가 앞으로 꼬꾸라질듯 휘청 휘어졌다.

소피아 국립 병원, 결국 문을 닫다

사진은 그가 본 낡은 건물이 맞았다. 머릿속으로 휭 하고 바람이 들어찼다. 그는 정신을 가다듬고 다시 한 번 신문 기사를 되짚어 읽어 내려갔다. 당시 국왕이 기공식에 참석한 빛바랜 사진도 실려 있었다. 처음엔 국립 정신병원으로 쓰였다가 2차대전 때는 나치군에 접수되어 사용되었다고 적혀 있었다. 애나의 말과 같았다. 그 뒤로 요양병원으로도 쓰였다. 도심에서 멀고 큰 덩치로 인해 점점 사용가치가 떨어지게 되어 폐쇄하기로 했다는 내용이었다. 그는 신문을 반납하고 도서관을 나왔다.

걷다 보니 광장이었다. 금방이라도 영감이 광장 한가운데 서 있을 것만 같았다. 그를 보고 손을 흔들며 흥칫뿌릿- 장난스러운 웃음소리를 던져줄 것 같았다. 어서 오게, 자네가 오면

우린 완벽해. 트라이앵글이지. 영감은 좋아 죽겠다는 듯 너털 웃음을 터트렸다. 여자도 곁에서 조용히 웃고 서 있었다. 그에게 좋은 사람이라고 말해줬던 유일한 여자였다. 보고 싶은 광경이었다. 그는 그곳을 향해 뛰어가려 했다. 그들을 만나 온기를 느끼고 싶었다. 그때로 돌아갈 수만 있다면 뭐라도 할 수 있을 것 같았다. 애나가 나타난 이유를 알고 싶지도 않았다. 그는 이미 너무 많은 것을 봐 버렸다. 환영인지 실제인지 분간이 가지 않는 시간을 겪었다 한들 지금의 그와 무슨 상관이 있을까 싶었다. 겪을 일이 또 남았다면 그는 미쳐 돌아버릴 것만 같았다. 둘의 환영이 사라진 광장에는 비둘기들이 푸드덕 깃을 치며 내려앉았다. 몇 마리는 먹이라도 발견했는지 돌 틈새로 열심히 부리를 쪼아댔다. 호숫가에서 밤을 굽다니, 가당치도 않았다. 그에게 남은 미래는 없었다. 있다면 오직 책임져야 할 과거가 있을 뿐이었다. 여기까지 온 이유도 바로 그것이라는 것을 그는 비로소 깨달았다.

그는 허탈한 모습으로 자신의 숙소에 돌아왔다. 오자마자 침대 밑에 넣어준 판자 그림을 찾았다. 먼지 뽀얀 마루 위는 텅 비어 있었다. 단 하나도 눈에 띄지 않았다. 그는 바로 로비로 뛰어 내려갔다. 호텔 사장은 그의 말에 귀 기울이다 말고 그를 찾아온 여자는 단 한 명도 없었다고 강한 악센트로 말해주었다. 이어 방 청소를 해주지 못해 불만스럽냐고 물었다. 지금 사람을 구하고 있으니까 곧 청소할 수 있을 거라고 엉뚱한 소리를 했다. 그는 아니라고 말했다. 손을 늘어뜨리고 돌아서는 그를 향해 호텔 사장이 잠깐, 하고 그를 불러세웠다. 내려다보니 메모지에 벌레 기어가는 것 같은 숫자를 쓰고 있었다. 전화번호였다. 호텔 사장은 나쁘지 않은 곳이라며 두 눈을 찡긋거렸다. 무슨 소린가 싶었지만 짐작하지 못할 곳은 아니었다. 그는 기분 나빠해야 할지 아니면 어쨌든 고맙다는 말을 해야 할지 판단이 서지 않았다. 메모지를 받아선 그를 향해 호텔 사장이 말을 더 보탰다.

"외로움은 좋은 친구가 아니지요."

동굴

/

 여자는 이마의 땀을 훔치며 플랫폼으로 들어섰다. 짐을 줄이고 싶어선지 겨울 코트를 입고 있었다. 짐이라곤 기내용 트렁크와 어깨에 메고 있는 작은 가방 하나가 다였다. 딴 도시로 여행이라도 가는 듯 홀가분해 보이기까지 했다. 그는 여자가 새로운 곳에서는 겨울 코트쯤은 가볍게 벗어 던질 거라는 생각이 스쳤다. 새로운 일을 시작하고 낯선 남자도 만날 거였다. 그런 생각의 고리에 붙들려 있는 자신이 한심하게 느껴졌지만 달리 어쩔 수도 없었다. 더구나 여자가 한시바삐 떠나고 싶어한다는 의구심마저 들었다. 여자가 떠나면 그는 남게 돼 있었다. 변할 것도 변할 수도 없는 사실이었다.
 외투 주머니에서 나온 손수건으로 이마의 땀을 눌러 닦으며 여자는 말했다. 요 며칠 달이 할머니에 대해 생각하느라고 집에만 있었다고, 돌아가면 어떤 일을 해야 하는지도 고민해 봤다고. 아버지에 대해 많은 생각을 하기도 처음이었다고 털어 놓았다.

그는 더는 가만히 있을 수는 없어 그런 일이 어떤 결과를 가져올지 생각해 봤냐고 되물었다. 당신은 세상의 수면으로 떠오를 것이며 사람들의 입에 오르내리고 확인되지 않은 기사가 만들어지고 재생산된 말들은 배설하듯 세상에 떠다닐 거라고 했다. 그렇게 말하고 보니 그도 더럭 겁이 났다. 대륙의 끝에 숨어 있는 그를 찾아낼 사람이 생길지도 모를 일이었다. 그때 그는 어떤 모습으로 상대와 마주해야 할지 끔찍한 일이 아닐 수 없었다. 그는 여자에게 당신이 나설 일은 아니라고 말해 줘야 했다. 당신 때문에 그의 인생이 끝장날 수 있다고 단도직입적으로 말해주고 싶었다. 순간 여자의 어깨를 흔들고 고함을 치는 자신을 상상하고 그는 깜짝 놀랐다. 그런다고 그의 실종이 완벽하게 이루어지리라는 보장도 없었다. 돌아본 여자는 선로 아래로 황황히 시선을 풀어놓고 있었다. 꾹 다문 입술이 고집 센 소녀를 연상시켰다. 그가 좋아하는 여자의 얼굴은 이미 사라지고 없었다. 기억이 맞다면 수도를 다녀온 뒤부터였다. 여자에게 무슨 일이 있었는지 그는 짐작할 수 없었다. 물론 상상할 수 있는 일을 어디쯤에선가 찾을 수도 있겠지만 그쯤에서 그는 의문을 거둬들였다. 여자가 떠나고 나면 그는 홀로 남겨져야 한다는 사실만이 눈앞에 있을 뿐이었다.

기차는 아직 도착하지 않았다. 시간은 자꾸 흘러갔다. 그의 마음도 조급해졌다. 여자를 붙잡을 수는 없었다. 그것만은 안 될 일이었다. 그는 아이가 아니었다. 하긴 아이일 때도 엄마를 잡지 못했다. 엄마는 한 번인가 그를 보러 왔다. 무서운 인상을 쓰고 그에게 곁을 주지 않았다. 어렸지만 그것이 무엇을 의미하는지 어렴풋이 깨달았다. 사람에게 기대를 걸면 안 된다는 사실을 그는 피붙이로부터 배운 셈이었다. 그래선지 선택한 직업에 저항감은 없었다. 도리어 인정받기 위해 애쓰며 살았다. 사람을 믿지 않아야 일이 시작된다는 것에 마음이 끌렸던 것인지도 몰랐다.

여자는 다시 말했다. 침묵이 싫다고 했다. 하지 못하겠다는 게 아니라 싫다는 거였다. 그녀가 한동안 집에서 꼼짝 않은 이유를 그는 비로소 알 것도 같았다. 그는 차가운 낯빛으로 돌아갔다. 그런데도 잘잘못을 따져 무얼 하겠냐고 말하지 못했다. 일의 결과가 모든 걸 결정해 주는 세상에서 살다 오지 않았냐고, 당신 바보냐고 잘라 말하지 못했다. 포기야말로 개인이 가질 수 있는 가장 쉬운 협잡임을 그는 또 알았다. 그때는 몰랐다. 개인이 통과한 잘잘못이 역사의 흔적으로 남을 수 있음을. 당신의 잘못이 아니라고, 그때 당신은 어렸고 눈앞에 보이는 것 외에는 아무것도 책임질 나이가 아니니 자책 말라고, 그저 나쁜 시간의 한 조각일 뿐이라고 그는 거듭 말해주려 했다. 그때 기차가 보이기 시작하고 순식간에 다가왔다. 이제 기차가 선로에 멈추었다 떠나가기까지의 몇 분이 둘에게 남은 유일한 시간이었다. 그는 아무 말도 하지 못했다. 여자의 어깨도 처져 있었다. 얼굴에도 긴장감이 풀려 있었다. 나는 당신을 알아요. 아주 잘. 여자가 혼잣말처럼 중얼거렸다. 하지만 그는 들었다. 말은 정확하게 그의 귀에 꽂혔다. 여자가 하고 싶은 마지막 말이었을 것이다. 이윽고 여자는 기차를 타기 위해 계단에 발을 올렸다. 그는 제자리에 붙박여 있었다. 잘 가라는 말도 하지 못했다. 여자는 책망하는 듯한 눈빛으로 차창 밖의 그를 내려다보고 있었다. 부담스러운 눈빛이었다.

그는 그런 눈빛을 알고 있었다. 포기와 원망이 이탈해 버린 그 눈빛을 어떻게 잊는단 말인가. 고문으로 정신이 빠진 이들도 검사 앞에 서면 그제야 정신이 돌아왔다. 이제 꼼짝없이 영어의 몸이 될 수도 있다는 사실을 비로소 마주하게 되는 것이다. 재판을 기다리는 동안 고문의 흔적도 사라지고 눈앞에 마주한 현실을 인식할 즈음 형량도 떨어진다는 것을. 발버둥쳐 봐도 소용없다는 것을 고스란히 실감하게 되는 것이다. 이제 그들에게 남은 것은 입법적 절차뿐이었다. 자책의 시간만 눈앞에 남는 셈이었다. 분노와 체념이 교차하고 육체의 고통에 불복한 자신의 잘못을 탓하다가 끝내 허탈감에 젖어 교도소로 향하는 버스에 오르게 된다는 사실을. 여자의 눈길에서 그가 왜 그걸 연상하게 됐는지 영문을 몰랐던 게 아니었다. 외면해 왔다고 해야 옳았다. 여자는 그를 함정에 빠트리기 위해 여기에 온 것이나 마찬가지였다. 순간 그의 눈앞이 아뜩해졌다. 여자의 작은 어깨야말로 그를 밀어 선로에 떨어트릴 수 있다는 사실을 그는 알게 된 것이다. 여자는 애초에 그와 함께 할 수 없는 사람이었다.

    요란한 소리를 내며 선로의 바퀴가 구르기 시작했다. 그때까지 그는 고개를 들지 못했다. 여자의 눈길을 마주할 자신이 없었다. 당신은 돌아갈 수가 없는 거지요? 언제까지 여기서 있을 수는 없을 텐데요. 여자가 그렇게 말해주기를 원했던 것일까. 나는 당신을 알아요. 여자의 마지막 말이 다시 그의 귓전에 맴돌았다. 다시 볼 일 없는 사람이었다. 두 번 다시 만날 일이 없어야 한다고 그는 다짐을 거듭했다. 기차는 떠나갔다. 여자도 가버렸다. 선로는 비고 그는 남았다. 아니 남겨져야 했다. 이제 그는 마지막 싸움만을 남겨 둔 전투사가 된 심정이었다. 그가 감당해야 할 전쟁만 남은 셈이었다. 상상은 현실보다 힘이 셌다. 어떤 각오로 임해야 할지 아직 자신이 서지 않았다. 그때 전장의 군인 모습을 한 젊은이가 역사 안으로 걸어들어오는 것이 보였다. 군인은 무거운 배낭을 메고 눈앞에 보이는 장의자로 가 털썩 소리를 내고 주저앉았다. 배낭을 벗지 않은 채였고 총을 쥐고 있어 오래 쉴 수 없다는 것을 알려주는 듯했다. 그는 눈앞에 드러난 광경에 숨을 죽였다. 또 당하면 안 된다는 듯 이를 물었다. 이윽고 청년이 고개를 들어 그를 올려다보았다. 낯이 익었다. 청년의 눈동자는 어떤 감정도 담지 않은 푸르름 그 자체였다. 호수였다. 영감은 아직도 젊은 영혼인 채로 이 도시를 떠돌아다니고 있단 말인가. 그토록 오랜 시간을 보낸 호수가 아니라 여기 역사를 말이다. 자신의 인생을 망가트리고 사랑하는 이를 잃고 건강을 잃고 모든 것이 엉망이 된 게 바로 이 역사라는 걸 말해주듯 청년은 선로를 향해 넋을 빼고 앉아 있었다. 이윽고 청년이 몸을 일으켰다. 허청허청 걸어가더니 눈 깜짝할 사이 그의 눈앞에서 사라졌다. 뒤이어 그도 역사를 빠져나왔다. 그는 어디로 가야 할지 마음을 잡지 못했다. 숙소로 가기는 싫었다. 영감도 여자도 사라진 호수로도 가고 싶지가 않아 눈앞에 나타난 전차를 탔다. 내렸고 또 걸었다. 마을의 끝이고 시작인 곳이었다. 모자 모양의 지형을 가진 묘지공원의 진입로에 도착했다. 이 도시는 왜 모든 지형이 모자 모양으로 돼 버렸을까. 그저 지형학적 결정체에 불과한 것일까. 먼 과거에 화산이 폭발하고 마그마가 분출되고 화산재와 가스가 덮이고 지형이 굳어 단층이 되기까지 차곡차곡 시간을 보내던 어느 날, 땅의 균열이 생기고 뚝 끊겨 형태를 만들고 굳기까지 또 겁의 시간이 흐른 뒤 여기 땅도 만들어졌을까. 신의 손이 아닌 자연현상에 의해.

어찌 된 일인지 그는 이 도시와 깊이 교감한 기분이 들었다. 그것은 친숙함에 가까웠고 그런 감정은 그를 슬프게 만들었다. 문득 그를 버리고 떠난 젊은 어머니가 떠올랐다. 자기 자식을 버리고 남의 자식을 키워야 했던 어머니도 편하게 살지는 못한 모양이었다. 그의 결혼식에 나타난 어머니는 폭삭 늙어 있었고 그걸 본 그의 마음도 편치 않았다. 혼주 자리에 큰 외삼촌 내외가 앉았고 어머니는 먼발치에서 그를 지켜보았을 것이다. 그나마 식이 끝났을 때 어머니는 떠나가고 없었다. 과거의 시간은 사라지지 않았다. 차곡차곡 머릿속에 저장돼 있다가 마음의 물결에 따라 모습을 드러냈다. 떠나보내고 또다시 만나는 동안에도 과거는 여운을 끌며 그의 발목에 감겨 있었다. 여자의 주위를 맴돌았던 것은 그의 과거 그림자가 맞았다. 어떤 말로도 자신을 정당화할 수 없었다. 사라지지 않을 시간 앞에 속수무책인 인간이 바로 그였다. 영감의 죽음에도 그의 역할이 있었다. 몹쓸 인간. 악한 인간. 그는 끝없이 자책했다. 누구에게라도 죄를 고백하고 위로의 말을 듣고 싶은 마음이 간절해졌다.

여자와 함께 손을 잡고 걸었던 길이 나왔다. 몇 번이고 왔던 곳인데도 처음 보는 길처럼 낯설었다. 그의 발걸음은 동굴 교회가 나오는 쪽을 향했다. 묘지 중간에 누군가의 장례식을 치르고 있었다. 검은 옷을 입은 사람들과 신부가 보였다. 신부가 묘지 안으로 성수를 뿌렸다. 묘지 곁에 쌓아 놓은 흙더미 위로 아지랑이가 피어올랐다. 옆으로 인부들이 삽을 들고 서 있었다. 그들은 흙 묻은 바지와 긴 고무장화를 신고 있었다. 그들만 유색인종이었다. 그들 앞으로 수단을 입은 신부가 향로를 들고 나왔다. 그는 공연히 발걸음을 멈추었다. 할 수만 있다면 고해성사를 하고 싶었다. 물론 그는 그런 것을 한 번도 해본 적이 없었다. 그저 신부의 수단에 얼굴을 묻고 보속을 기다리는 죄 많은 신자가 되고 싶었다. 신부는 그에게 어떤 말을 해줄까. 그의 정체를 알면 신부는 놀라 자빠지지나 않을까. 큼큼거리는 기침 소리로 놀라움을 누를 신부의 모습을 상상하자 그는 피식 웃고 말았다. 세상 어디에도 그의 말을 들어줄 사람이 있을 것 같지 않았다.

걸음을 재촉했다. 여자가 다시 가기 싫다는 표정을 지은 곳이었다. 그에게는 궁금한 장소이기도 했다. 교회는 묘지의 끝에 붙어 있었고 거대한 바위를 병풍처럼 두르고 있었다. 바위들은 이 도시의 진정한 경계 같은 위엄으로 버티고 서 있었다. 입구에 작은 매표소가 보였다. 돈을 받고 있다는 사실이 놀라웠다. 사람은 보이지 않고 까만 벨이 눈에 띄었다. 벨을 누르자 한참 만에 어깨가 굽은 자그마한 노인이 나타났다. 노인은 가늘고 긴 손가락으로 상자를 가리켰다. 그는 지폐 한 장을 꺼내 기부용 상자에 넣었다. 노인이 안내가 필요하냐고 물었다. 그는 아니라고 했다. 노인은 혼자 둘러보는 대신 불빛이 있는 곳만 가야 한다고 했다. 그는 걱정하지 말라고 대답했다.

동굴 속으로 들어서면서 그는 곧 노인의 말이 잘못됐다는 것을 알았다. 불빛이 없는 곳은 발걸음을 뗄 엄두조차 나지 않앉기 때문이다. 그곳은 벽인지 또 다른 공간의 시작인지 짐작할 수조차 없이 까맸고 서늘한 기운이 감돌았다. 상대적으로 불 켜진 곳은 꽤 아늑하게 느껴졌다. 완벽하게 밀폐된 공간이었다. 몇 사람이나 들어갈 수 있을까. 어떤 곳은 두세 사람이 어깨를 굽히고 겨우 서 있을 만한 공간도 있었다. 그런 공간을 하나둘씩 경험할 때마다 그의 가슴은 두방망이질 쳐댔다. 그는 이곳이 사람의 고통을 쥐어짜던 장소임을 단박에 알아챘다. 왜 여자가 더는 이곳에 오고 싶어 하지 않았는지도 알 수 있었다.

한때 이곳은 나치 친위대에 접수되어 공포의 장소로 사용되었다. 그들에겐 마을의 누구라도 체포할 수 있는 권한이 있었고 주민들은 마음 놓고 숨조차 쉴 수 없는 시간을 보냈을 거였다. 반역의 낌새를 느끼든 못 느끼든 상관없었다. 없던 죄도 만들 수 있는 공간으로 최적화된 곳이었다. 선조의 유산을 적군에게 뺏기면 이런 일을 당하게 된다는 표본 같은 장소였다. 동서양을 막론하고 이런 일들이 자행되어 왔던 사실을 그는 두 눈으로 목격한 셈이었다. 그는 아무런 정보도 없이 그런 사실을 알아챈 자신에 경악했다. 그가 알고 있는 과거의 사람이 한꺼번에 이곳으로 불려 나왔다. 생사고락을 함께 했던 젊은 시절의 조직원들이 있었고, 엠이, 어머니가, 아내가, 여자가 있었다. 아니었다. 그들이 아니었다. 그는 아직도 자신을 직시하지 못하고 있었다. 그들은 바로 그의 손아래 망가져 버린 사람들이어야 마땅했다. 그의 등껍질에 붙어 멍에가 되어버린 사람들. 애나가 아니었고 애나의 할머니였다. 여자가 아니라 여자의 아버지였으며 또한 젊은 영감이었고 소녀티가 가시지 않은 김달이였다. 그는 비로소 자신이 무슨 짓을 저질렀는지 낱낱이 목도했다. 아내의 말이 맞았다. 그는 지옥 불에 떨어질 인간이었다. 혀가 뽑히고 불구덩이에 던져져 살이 타고 뼈가 녹아도 고통은 끝없이 반복된다는 그곳에서 절대 헤어나오지 못할 인간은 바로 그였다.

이제 그의 발은 끝이 날 거 같지 않은 어둠 앞에서 멈춰졌다. 바위산 실내가 이토록 넓을 줄은 몰랐다. 응회암 바위가 파기 쉽다고는 알았지만, 이 정도로 넓게 팔 수 있다는 사실 앞에 그는 전율했다. 하긴 인간의 능력은 늘 놀라웠다. 그에게 당해 죽어가던 사람들이 소생할 때마다 그는 충분히 놀라워했다. 그의 능력은 그들에 의해 체득된 것이었지만, 인간의 치유력은 신이 부여한 능력이었다. 조직의 힘을 등에 업고 자신을 과신한 그는 한갓 어리석은 청맹과니일 뿐이었다. 백지처럼 머릿속이 하얘지고서야 그는 정신을 차려 손목시계를 들여다보았다. 흐린 불빛으로 인해 시간을 겨우 짐작할 수 있었다. 시간이 뭉텅 잘려나간 느낌이었다. 여자는 아직도 기차 안에 있을 거였다. 차창 밖으로 펼쳐진 들판을 바라보며 여자는 무슨 생각을 하고 있을까. 지금 그는 여자가 더는 오고 싶지 않다던 공간의 끝에 서 있다. 여자와 함께 이곳을 방문하지 않은 걸 다행스러워하면서. 도대체 무엇을 기념할 수 있을까. 사람들의 혼백이 떠다니고 있는 이곳에서. 울부짖다 쓰러진 누군가도 살아야 했을 것이다. 누군가는 기도하기 위해 제단을 마련하고 은신처를 찾아 하염없이 돌을 파고 들어갔던 이곳에서 말이다. 성고문을 당해도 살아야 했을 거였다. 얼굴이 함몰되어도 숨을 쉬는 이상 아이를 키워야 했을 거였다.

이제 그에게 바람이 있다면 여자가 그를 깨끗이 잊어줬으면 하는 것이다. 마침내 돌아가야 할 공간 앞에서 깨달은 사실이었다. 돌아 나오는 길은 순식간이었다. 지옥도 빠져나오는 공간이 있는 모양이었다. 아직은 그의 차례가 아니라고 말해주는 듯해 그는 허탈한 심정이었다. 출입구로 나왔을 때 노인은 제자리를 지키고 서 있었다. 긴 시간이라고 생각했던 것은 역시 그의 착각이었다. 노인은 전혀 지루한 표정이 아니었다. 어땠소? 하는 물음을 담은 낯으로 느긋하게 그를 기다리고 있었다.

그는 놀라운 곳이었다고 사무적인 대답을 했다. 그럴 줄 알았다는 표정으로 노인은 고개를 끄덕였다.

"한때 이곳은 감옥이었습니까?"

확인받고 싶었던 것일까. 갑작스러운 그의 질문에 노인은 부드럽게 부정했다. 그가 착각한 것일까. 그런데 어떻게 여자도 같은 걸 느꼈던 것일까. 하긴 그는 여자가 무엇을 느꼈는지 듣진 못했다.

"이곳은 순결한 교회입니다."

노인은 빙그레 웃으며 말했다. 마치 이 어두운 곳의 문지기가 된 이유가 바로 그것이라는 듯이.

세계 전쟁이 두 번이나 있었고 이곳도 피해 가지 못했을 것이다. 눈 앞을 가린 사람들이 붙들려 나오고 푸닥거리하듯 사람을 죽이는 광경을 그가 알아야 할 이유도 없었다. 노인은 그저 문지기일 뿐이었다. 많은 시간을 여기서 보냈을 것이고 자기 일에 충실해 만족한 얼굴이었다. 죽은 영감도 마찬가지였다. 어쩌다 찾아오는 관광객을 맞이하는 영감의 얼굴에도 갈등의 고리를 찾을 수 없었다. 그저 단순하고 어렵게 사는 사람으로 생각했고 술로 결딴난 사람이라고 그는 쉬이 단정 지었다. 여자는 늘 영감의 좋은 점을 치켜세웠다. 그는 귀담아듣지 않았던 것이고.

조직의 하수인으로 만족해 했던 지난날, 조직은 안전망이었고 그에게는 세상 안에서 기댈 유일한 장소였다. 그런데 이젠 아니라고 말하고 있었다. 엉덩이를 걷어차여 세상 밖으로 내동댕이쳐졌고 스스로 걸어 사람들을 만나고 그들에게서 다른 세상을 보고 혼자 판단해야 했다. 더구나 자신의 달라진 감정 변화도 감당해야 했다. 그는 자신이 전혀 다른 사람이 되어버린 것 같은 생경함을 비로소 인정했다.

동굴 밖으로 나오자 찬 바람이 불었다. 겨울은 아직 멀었는데 하늘에서 눈발이 날렸다. 처음엔 꽃가루인가 했지만, 곧 눈가루라는 것을 알고서 그는 놀랐다. 이상하도록 개운한 느낌이었다. 그는 눈가루를 더 맞고 싶어 얼굴을 치켜들었다. 눈가루는 차가움을 느끼기도 전에 흩어졌다. 인간은 어떤 환경 속에서도 살아남은 존재였다. 전쟁과 약탈 속에서도 사람들은 먹고 자야 했으며 죽도록 맞아도 숨을 쉬었다. 너나없이 살아남기 위해 했던 어떠한 일도 용인되었다.

그 역시 살아남기 위해 여기까지 온 셈이었다. 다시 그는 자신에 의해 거덜 난 집안의 사람들을 떠올렸다. 그곳에는 어린 여자도 있을 거였다. 혼자 마당에서 놀다 엄마를 쳐다보는 작은 여자아이를. 엄마의 하얀 맨다리를 보고 다시 얼굴을 살피고 풀 죽은 표정을 짓는 여자아이를. 어느 날 학교를 다녀온 여자아이는 목을 맨 엄마를 발견하고 울음을 터트렸을까. 그 기억을 감당하고 어떻게 살아왔을까. 순간 그의 가슴에 조이듯 통증이 몰려왔다. 당시 누군가는 또 한몫한 거였다.

엠과의 통화

/

　엠과 연락이 닿았다. 때가 된 것이었다. 그는 요구 사항을 말했다. 엠은 침묵했다. 그것이 무슨 말이냐고 물어주기를 원했는지도 모르겠다. 아니라면 그것이 의미하는 바를 아느냐고 물어주기를 바랐던 건지도 몰랐다. 그랬다면 그는 어떤 대답을 했을까. 엠이 모를 리 없었다. 그들은 그런 세계에서 살아왔던 사람들이었다. 그가 아는 한 조직은 이미 재정비를 마쳤을 거였다. 시간과 함께 흩어질 몇 가지 의문만을 남긴 채. 그는 버림받은 개나 마찬가지였다. 버림받은 개를 다시 불러들일 주인은 없었다. 엠의 침묵은 당연했다. 수화기를 제자리에 놓고 그는 부스를 빠져나왔다. 순간 그는 자신의 별명을 떠올렸다. 조간신문에서 그것을 발견하고 조소했던 기억을 아직도 갖고 있었다. 틀린 말도 아닌 그것을 직접 들어본 적은 한 번도 없었다. 어떤 이는 그를 신화적 인물에 비유했다. 키를 침대에 맞춰 짧으면 늘여 죽이고 길면 잘라 죽이는 인물이라고 했다. 침대에는 보이지 않는 장치가 있어 그 누구도 키가 들어맞는 사람은 없다고 썼다. 그는 인간의 역사가 생기기도 전에 그런 인물이 있었다는 데 놀라워했다. 인간이 겁을 먹은 최초의 신화적 인물에 그를 비유한 남자를 그는 알고 있었다. 남자는 지린내를 풍기며 그에게 인계되었다. 끌려오면서 오줌을 싸 버린 남자의 바지는 흥건히 젖어 있었고 그는 짜증을 냈다. 발가벗은 아랫도리도 선명하게 기억났다. 그는 신화적 인물이 맞았다. 그런 이야기는 사라지지 않는 법이다. 그 역시 불멸의 인물로 남을 것이다. 조직은 그를 기술자가 아닌 전문가 수준으로 모셨다. 출장도 자주 나갔다.

엠을 만난 것도 부산이었다. 엠은 한직 행정부에 눌러앉아 있었는데 조용히 지내기는 딱 그만인 곳이라고 했다. 최고 통치자의 동향이라는 이유로 조직 내부로 옮겨 앉게 될 거라는 얘기가 암암리에 떠돌았다. 처음 만났을 때 엠의 인상은 얌전한 선비 같았다. 그를 숙소까지 태워다 주었고 같이 저녁을 먹기로 했다. 그가 샤워를 마치는 동안 1층 로비에서 기다리고 있었다. 식당은 숙소 근처로 잡아놓았다고 했다. 바다가 보이는 전망 좋은 곳이라고 했다. 이미 깜깜해져 바다는 보이지 않았지만, 식당으로 들어갈 때 세찬 파도 치는 소리가 쉼 없이 들려왔다. 자리에 앉자 엠은 곧 서울로 올라가 뵙게 될 거 같다고 수줍게 밝혔다. 부산은 제2의 고향 같은 곳인데 아쉽기도 하다고 했다. 야망 같은 것은 없어 보였다. 술 몇 잔에 기분이 풀린 그가 어쭙잖은 충고도 했던 거 같다.

"많이 도와주십시오."

엠은 씩씩하게 말했다. 둘은 건배를 했고 기분 좋게 헤어졌다. 그가 악수를 청하자 엠이 아이구! 하며 손을 맞잡았다. 엠의 끈적한 맨살의 감촉을 그는 아직 기억하고 있었다. 순간 그를 괴물쯤으로 생각하고 있지 않을까 싶기도 했다. 엠의 긴장에도 그는 기분 상하지 않았다. 일의 성과도 있었고 술 때문인지 아니면 외지로 온 해방감 때문인지 그날 저녁 그는 좀 느슨해져 있었다. 평소의 그라면 그런 기분에 좌우될 리 없었다. 냉정함이야말로 그가 지녀야 할 최고의 덕목이었다. 서울로 올라온 엠은 관리직으로 배치되었다. 거물들이랑 어울린다는 소리도 들렸다. 서울에서도 유대관계를 이어나가자는 말은 이루어지지 않았지만, 공적으로는 그와 이어졌다. 엠은 적재적소에 사람을 쓸 줄 아는 인물이었다. 일선에는 나서지 않고 관리를 맡았는데 꼼꼼한 성격 때문에 평판이 좋았다. 무능만큼 힘든 일도 없었다. 그가 하는 일은 특히 그랬다. 엠이 붙여주는 조직원은 늘 수월하게 일을 끝마치게 돕는 인물이었다. 이혼 결과도 관심을 가지고 지켜봐 주었다.

발은 어느새 호수에 다다라 있었다. 걸을 수 있다는 사실에 그는 새삼 감사했다. 그가 가진 것은 이제 자신의 몸뚱이가 유일했다. 호수를 바라보며 그의 머릿속은 오로지 한 생각만 들어찼다. 이제 그는 김달이를 이해하고도 남았다. 수만 마일을 걸어 자신이 깃들 곳을 찾았던 김달이는 죽지 못해 산 사람이 될 수 없었다. 주정꾼으로 살 수밖에 없었을 영감을 이해하고 동굴 지킴이 노인의 온화한 부정을 이해했다. 노인에게 그는 이국의 관광객이었을 뿐. 동굴에서 본 것이 한낱 환영이라 해도 그 자신이 투영됐으리라는 사실을 모르지 않았다.

물속에도 길이 있다고 들었다. 그는 눈을 키워 호수의 수면을 굽어보았다. 물은 무한의 시간만을 안은 채 빛을 조각내듯 물결을 토해내고 있었다. 나는 당신을 알아요, 아주 잘. 여자의 말이 다시 들려왔다. 김달이 할머니의 귀향은 이번이 마지막 기회가 될 거예요. 그것이 내가 당신을 찾은 이유예요. 애나의 말이 귓전에 울렸다. 그에게 분노를 가르친 것은 어머니가 아니었다. 어떤 감정도 가지지 않고 살려고 했던 사람이 바로 자신이었다. 그가 도망가지 못한다는 사실을 여자도 애나도 알고 있었다. 세상 어디에도 그가 갈 곳은 없었다.

　문득 정신을 차렸을 때 그는 침엽수 숲으로 들어와 있었다. 여자를 처음 만난 날 함께 걷던 길이었다. 그날 봤던 눈알이 노랗고 검은 깃털을 갖고 있던 새를 찾고 싶었다. 만약 새를 찾는다면 그는 자신의 두 눈을 고스란히 내놓고 싶었다. 다시는 눈을 뜨고 길을 찾을 수 없게 두 눈을 쪼이고 싶었다. 피를 흘리고 고통을 당하고 싶었다. 새! 새! 그는 여자가 가르쳐 준 새의 이름을 떠올리지 못해 그렇게 부르짖었다. 새를 부르는 소리는 메아리가 되어 숲에 울려 퍼졌다. 어디에도 새는 없었다. 숲의 고요만이 그의 귀에 감겨들었다. 그것은 마치 그를 받아줄 곳이 여기가 아니라고 말해주는 듯했다.

항공우편

/

그는 방금 자신이 묵고 있는 방으로 돌아왔다. 엠이 보낸 항공우편을 찾아온 길이었다. 하루의 고정일과로 여기며 그는 매일 사설 우편함을 들락거렸다. 그에게는 시간을 견디는 일이기도 했다. 마침내 그것을 손에 쥐게 되자 그는 자신의 작고 초라한 방으로 이제 막 돌아온 참이었다. 성과물을 얻자 그는 또 적잖이 당황스러웠다. 생각보다 빨리 우편은 당도한 셈이었고 엠이 아직은 그와의 관계를 저버리지 않았다는 증거이기도 했다.

방안의 풍경은 교도소의 그것과 다름없었다. 지난번 외곽의 방보다 드나들기가 좋아 선택한 곳이었다. 하지만 삐걱거리는 침대에 누우면 천정의 흰 페인트가 누렇게 얼룩이 져 있는 게 눈에 띄었다. 가끔 물렁물렁해 보이기조차 한 그곳이 뚫려 쥐가 아래로 뚝 떨어지는 상상이 되곤 했다. 그랬다면 그도 쥐를 길들여 키울 노력을 할지도 몰랐다. 독방에 갇힌 죄수에게 어울릴 법한 취미생활로 여기면서 말이다.

샤워 부스도 화장실도 공용이었다. 방 안에 딸린 수전이 달린 세면기가 물을 쓸 수 있는 유일한 공간이었다. 그는 그곳에서 이를 닦고 음식물을 담은 식기를 씻곤 했다. 음식이라야 완제품을 사서 들어오기가 일쑤여서 설거지라고 할 것도 없었다. 그저 먹고 사는 시늉 같은 삶이었다.

여자가 떠나지 않았으면 좀 나은 생활이 유지됐을까. 여자가 도시에 있었을 때 그의 하루는 여자의 시간에 맞춰져 있다고 해도 틀린 말이 아니었다. 헛된 망상에 불과하다는 것을 알면서도 그는 여자와의 시간을 되새김질했다. 그러다 견딜 수 없을 지경이 되면 먹이를 찾는 들개처럼 도시의 구석구석을 돌아다녔다. 신기할 정도로 곳곳에 여자가 스며 있었다. 둘이 그토록 밀착해 있었다는 사실에 그는 거의 돌 지경이었다. 가장 고약한 것은 내일이라도 당장 비행기를 타고 돌아간다는 망상이었다. 여자를 만나기 위해 무엇을 지불해야 할지 그는 구체적으로 생각해 본 적도 있었다. 결국은 그가 한 이력을 그대로 되받을 거였다. 입맛대로 짜 맞춘 진술서를 앞에 놓고 깐죽거리는 검사와 여차하면 다시 경찰 조사실로 돌려보내겠다는 겁박, 그리고 되풀이되는 폭력과 우격다짐들. 하늘 아래 그를 도와줄 사람은 아무도 없었다. 꼼짝없이 금치산자가 될 일밖에 없는 인물이 바로 그였다. 하긴 조사를 받기도 전에 목숨이 결딴날지도 몰랐다. 누군가 그의 입을 막기 위해 호시탐탐 기회를 노리고 있을 거라는 예감은 쉽게 떨쳐내지지가 않았다. 그런 그에게 미래는 요원할 뿐이었다.

그는 작은 탁자 위에 놓인 항공우편을 뚫어질 듯 쏘아보았다. 뜯어서 확인해야 할 시간을 그는 자꾸 유예하고 있었다. 벌떡 몸을 일으킨 그는 반대편 창으로 가 붙어섰다. 창밖에는 을씨년스런 건물밖에 보이지 않았다. 맞은편 건물 옥상으로 자연스럽게 눈이 갔다. 사람의 그림자조차 나타나지 않는 빈터였다. 개 사료를 취급하는 회사라고 들었다. 그는 건물에서 개를 본 적이 없고 심지어 왁자지껄한 직원들의 음성도 듣지 못했다. 단 한 번 그는 요란한 사이렌 소리를 듣고 놀라 밖을 내다본 적이 있었는데 사람들이 줄지어 옥상으로 올라오는 모습을 볼 수 있었다. 소방 훈련을 받는 날 같았다. 직원들은 조용히 규칙을 잘 따랐다. 여자와 남자들이 뒤섞여 있었고 나이도 제각각이었다. 그때까지도 요란한 벨 소리는 멈추지 않고 있었는데 그들의 침묵과는 대조적이었다. 그들은 규칙을 따르는 데는 일가

견이 있는 사람들처럼 차례차례로 옥상에 포개지듯 들어찼다. 훈련받은 양이나 염소가 우리를 찾는 모습을 연상시켰다. 그는 묘한 기분에 젖어 그들을 지켜보았다. 언젠가 그는 TV에서 양들이 끝도 없이 절벽 아래로 떨어지는 광경을 본 적이 있었다. 다큐멘터리 해설자는 그 이상한 광경을 우두머리의 잘못된 판단으로 본다고 설명했다. 투신하는 줄도 모르는 어리석은 양들의 끝없는 죽음 행렬……. 인간들도 다르지 않았다. 그는 한때 연이은 자살로 사회를 시끄럽게 만들던 학생들의 단체를 알고 있었다. 그들은 다음 날이면 살아나는 좀비들 같았다. 조직은 그들을 와해시키기 위해 애를 먹었다. 늘 그렇듯 해결점은 그들 내부에서 일어났다. 영향력 있는 인사의 칼럼을 시작으로 언론은 발맞추어 공분을 조장했다. 시민들은 인명을 경시하는 그들을 더는 동조하지 않게 됐다. 조직은 또 한 건을 이룬 셈이었다. 압제에 항거하는 시민들과 학생들의 혈류는 흐지부지 지워졌고 국가권력에 맞서는 사람들은 또 철퇴를 맞았다. 그때는 지금과 같은 세상이 오리라는 것을 알지도 못했다.

    그날 옥상으로 모여드는 사람들의 행렬에서 그 자신도 한 마리 양이 되어 버린 듯한 착각이 들었다. 절벽에서 떨어진 양들은 그 뒤 어떻게 됐을까. 바닷속에서도 눈을 뜨고 길을 찾고

자 발버둥쳤을까. TV 화면 속의 바다는 먹물처럼 까맸다. 카메라 불빛은 물결치는 검은 바다 위에 동동 떠다니는 양들을 찾아냈다. 이윽고 한 마리 두 마리 가라앉기 시작했고 결국에는 검은 바다만 남았다. 갑자기 그가 서 있는 작은 방으로 파도가 밀려드는 착시가 일었다. 방은 망망대해처럼 크게 느껴졌고 버티고 선 두 다리 아래로 검은 파도가 일렁였다. 그도 길을 찾지 못했다. 찾고 싶은 길은 어디에도 없으리라는 걸 알고 있음에도 어쩔 수 없이 마지막 남은 길을 갈구했다. 그는 고개를 거세게 흔들었다. 어지간한 일에도 무뎌졌다고 생각했는데 자꾸 환영 속으로 빠져들었다. 그는 무엇인가를 떠올려 보려고 애썼다. 뭐래도 상관없었다. 초원에 풀어놓은 망아지나 아이들의 환한 웃음, 희고 말간 빈 조개껍질들. 갈매기 울음소리와 한가로이 떠 있는 어선들. 넓고 훤한 바다, 햇볕에 달궈진 돌담과 그 속에 박힌 짧고 보드라운 이끼, 새털구름이 놓여 있는 푸른 하늘……. 그는 전혀 다른 공간이나 상황 속에 있고 싶어 몸부림쳤다. 그리고 놀랐다. 그에게 그런 감정이 아직 남아 있다는 사실에.

그는 다시 아내를 떠올렸다. 처가로 돌아간 아내는 어떻게 살고 있을까. 그동안 동생들도 결혼하거나 독립하고, 길에서 떠돌던 장인도 병들어 돌아왔는지도 몰랐다. 생활고에 짓눌려 웃음 짓는 것도 어색한 장모와 함께 살고 있을 아내. 그런 아내를 그는 바보 같은 사람이라고 비웃지 않았던가. 그때는 과거 생활로 돌아갈망정 그와는 살고 싶어 하지 않는 아내를 이해하지 못했다. 그를 성격파탄자라고 몰고 간 아내가 가소로웠다. 그때 아내 쪽에서 보내온 준비서면에는 설명할 수 없는 이유로, 라는 글이 적혀 있었다. 그의 변호사는 글자 아래에 붉은 펜으로 줄을 그어 놓았었다. 그의 시선이 그곳에 가 닿자 변호사는 이런 애매한 글이 무엇을 의미하는지 모르겠다며 증거 없이 판사에게 채택될 것은 없다고 말해주었다. 증거라니, 아내가 무엇을 댈 수 있단 말인가. 물에 젖은 그의 와이셔츠를 거둬 가는 이도 아내였다. 때로는 오물투성이가 되어 버린 그의 바지를 들고 나가면서 트렁크 팬티만 입은 그의 몰골을 보고도 눈 하나 깜짝하지 않던 얼굴을 그는 아직도 기억하고 있었다. 그런 아내가 증명할 수 있는 것은 없었다. 그곳에서 일한 흔적은 아예 없을 테니까. 아마 아내는 남일 정밀 주식회사 소속일 것이다. 회계나 경비 처리를 담당하는 부서로 들어가 있을 거였다. 아내가 이혼 소송을 준비하면서 기막혀했을 부분들을 그는 충분히 알고도 남았다. 아내가 무엇을 원하는지 알면서도 그는 그렇게 하지 않았다. 그냥 내버려 두었다. 그에게는 아이에 불과한 그를 내팽개치고 가버린 엄마라는 여자가 있었고 심장 깊은 곳에는 분노라는 불씨가 남아 있었다. 때가 되면 마그마가 끓어오르듯 폭발하는 시점 뒤에 오는 포상을 그는 당연하게 받아들였다. 그때마다 피부가 뒤집혔고 병원에서는 심인성 질환이라는 것 외에는 아무런 병명도 내놓지 못했다. 물론 조직에서도 몰랐다. 아내만이 알고 있었다. 신혼 때 아내는 그의 울긋불긋한 등에 약을 발라주며 눈물을 보였다. 그때 아내는 사랑스러웠다. 밤마다 가려워서 잠을 자지 못하는 그를 위해 일어나 불을 켜주던 유일한 사람. "왜 이럴까요? 종합병원으로 가봐야 하지 않을까요? 어디 한의원이 피부를 잘 본대요." 그런 말들을 해주는 사람도 아내가 유일했다. 아내의 배반에 그는 차가운 분노를 내보였다. 분노가 들끓었다면 둘 중 하나는 없어져야 했을 것이다. 그럴 수 있는 사람이 자신이라고 과신하며 살아왔다. 아내는 성과 없는 이혼 소송을 걸었다는 사실만 확인하고 돌아서야 했다. 몇 년 살지도 않은 데다 처가로 들어간 목돈이 그의 통장에 찍혀 있었기 때문이다. 광신도처럼 울부짖는 사진들이 증거였고 부흥회로 흘러간 수표의 흔적도 통장에 명시되어 있었다. 그것을 발견하고 희열을 느꼈던가. 아니었다. 그는 분명히 서글픔 같은 감정을 품었다. 집에 가봤자 아무도 반기지 않던 하굣길에서 저녁해를 바라보고 섰던 서글픈 감정을 그는 분명히 느꼈다. 아내를 극단적으로 미워하지도 않았다. 돈에 대한 집착은 더욱 없었다. 그런데도 그냥 내버려 두었다. 그는 출구를 모르는 사람이 되어 있었다. 출구를 모르는 그가 갈 곳은 한 군데였다. 재판이 끝났을 때 그를 위로해준 사람은 엠이었다. 그는 조직에서 내준 휴가지에 가서 며칠을 쉬고 돌아왔다. 공연히 뿌듯한 감정으로 다시 일상으로 복귀했다.

    그는 결국 탁자 위에 있는 항공우편을 집어 들었다. 가벼운 무게감이 새삼스러웠다. 봉투를 찢었다. 깨끗한 백지 한 장이 들어있었다.

백지의 의미

/

그는 삼 일째 방에 칩거했다. 굶었으나 배고픈 줄 몰랐다. 도리어 의식은 유리알처럼 맑았다. 화장실을 찾아 방 밖으로 나가는 게 유일한 외출이었다. 열 걸음쯤 걸어 나가 볼일을 본 뒤 다시 돌아와 앉았다. 삼 일째는 종일 누워 지냈다. 그래도 시간이 간다는 게 신기할 지경이었다. 창 쪽으로 시선을 두기도 했지만 더는 내다보는 것도 성가셨다. 손바닥만 한, 뻔한 광경을 바라보며 공연한 생각들로 감정 소모에 빠지고 싶지도 않았다. 오전의 온기가 빠져나간 방안은 썰렁했다. 오후에는 해가 들지 않는 방이었다. 홑겹의 담요 한 장만을 두르고 있는 그는 감방에서 사는 사람이었다. 바깥세상은 억울해서도 불평해서도 안 되는 사람이 바로 그라는 것을 말해주는 듯했다. 이제 그에게 남겨진 것은 얼마간의 시간뿐이었다. 마침내 사형집

행관이 와서 방문 앞에 설 때까지, 그를 끌고 가기 위해 문고리를 비트는 순간이 올 때까지, 그는 안타까이 시간을 흘려보내고 있는 셈이었다. 그가 유예하고 싶었던 것은 생명 연장뿐인 걸까. 한때 그는 저승사자로 불렸는데 이제 그가 사형을 앞둔 죄인이 돼 버렸다. 두려움만이 그의 몫이었다. 견뎌야 했다. 종아리 힘줄을 타고 저릿저릿 쥐가 내리는 순간을 견디고 머리를 쥐어짜는 고통에도 베개에 얼굴을 파묻고 참아냈다. 수축을 거듭한 근육이 차돌처럼 불거지다 풀리기를 거듭하고 머릿속은 탈색되듯 너덜너덜해지는 순간도 그는 버텨냈다. 시간이 가면 근육이 풀리고 두통도 영원하지 않다는 사실을 알고 있었기 때문이다. 상처에는 새살이 돋고 생각에는 망각이 덧씌워진다는 사실을 그는 이미 알고 있었다. 그런데도 무서웠다. 두려움이란 괴물과도 같았다. 어젯밤 꾼 꿈이 되살아났다. 낯선 사람의 숨소리가 끊임없이 그의 귀에다 뭔가를 속삭여 주고 있었다. 상대의 얼굴은 검은 헝겊에 가려져 있어 어떤 것도 알 수 없었다. 그는 덫에 걸린 쥐새끼나 다름없었다. 몸은 땀 범벅이 되어 젖어 있었다. 발버둥 칠 어떤 기력도 남아 있지 않았다. 있는 힘을 다해 외친 단말마 같은 단어만이 또렷이 기억났다. 그는 낯설고 익숙해지지 않은 그 말을 다시 한 번 굴려 입 밖으로 내 보았다. 그가 머무는 작은 공간 안에서 번지듯 묽게 퍼지는 단어는 무기력하게 느껴졌다. 아직도 자신을 믿고 싶어하는 몸부림 같아 그는 괴로웠다. 이름이라도 부를 수 있는 상대라면 그녀밖에 없다는 것을 잘 알고 있으면서도 그랬다.

그에게 당한 사람들은 대체로 반병신이 되었다. 그중에는 활발한 사회 활동을 하는 사람들도 있었지만 제 명을 누리진 못했다. 조직은 필요에 따라 그를 찾았다. 지방 출장도 잦았다. 그가 가면 누구든 그를 맞이하러 나와 주었다. 일을 마치면 지방의 요릿집이나 명승지를 선정해서 그의 수고를 치하해 주었다. 표면적으로는 그를 홀대하는 사람은 아무도 없었다. 몇몇은 동경의 눈으로 그를 쳐다보았다. 또 몇몇은 사람 잡는 백정으로 여겼을지도 몰랐다.

그는 다시 침대에서 몸을 일으켰다. 집행관들이 그의 팔짱을 끼고 집행실로 향해 걸어가기까지 기다릴 수 없는 노릇이었다. 사형수들은 가는 길에 보폭을 줄이거나 신을 벗으며 시간을 끈다고 했다. 세상에 대한 원망과 미움으로 고래고래 소리 지르는 사형수도 있다고 들었다. 그 역시 시간을 벌어야 했다. 지금은 아니라고 한 번쯤은 악다구니 치고 싶었다. 그런다고 누가 소리를 들을 수 있을지 우스운 짓거리가 될지라도. 그의 시선은 다시금 백지를 훑어내렸다. 엠의 침묵이 새겨져 있었다. 그가 요구한 사항은 그 자신도 제대로 설명할 수 없는 일이었다. 엠이 여자의 아버지를 알아봐 줄 이유도 의무도 없었다. 엠은 자신을 자극한다고 느꼈을 수도 있었다. 백지의 의미를 모르지 않았다. 누군가 사라질 이유에 대해 아무런 답을 하지 않는 것은 그들만의 암묵적 규칙이었다. 백지의 의미는 그렇게 작동했다. 세간의 의심을 잠재울 한 사람의 희생이 필요할 때……. 그런데 그의 경우는 조금 달라야 하지 않았을까. 그가 보잘것없이 취급돼야 한다는 사실이 억울했다.

그는 조직의 힘과 함께 커왔던 존재였다. 그가 사라져야 한다면 적어도 조직은 그의 재주가 함부로 세상 밖으로 떠돌아다니는 것 정도는 막아줘야 하지 않았을까. 그를 필요로 했을 때 그는 조직의 명령을 거부하지 않았다. 그는 조직의 생리를 누구보다 잘 알았고 그 생리 속에서 성장한 인물이었다. 물론 그를 대신할 2와 3의 인물도 있다는 것을 모르진 않았다. 다른 인물이 있다고 해서 그가 이런 취급을 받아야 한다면 어느 누가 조직을 위해 이 같은 일을 불사한단 말인가. 동의할 수 없는 이유는 열 가지도 더 됐다. 그는 하나씩 꼽으며 분개했다. 분노의 감정이 그의 내부를 강렬히 불태웠다. 절망의 감정도

분노 위에 포개졌다. 이윽고 시간이 지나 불씨가 사그라질 즈음 그의 감정도 불티 언저리에 가 닿았다. 그가 사라진다 해도 그곳에 있었다는 사실만은 사라지지 않는다는 것을 그는 또 알았다. 그는 그렇게 존재했던 사람이었다. 그토록, 오래, 그가 그곳에서 무슨 짓을 했는지. 결국에는 하나의 사물처럼 붙박여 있게 된 사람이 바로 그였다. 질타받고 멸시받으며 손가락질 당할 사람으로. 그의 마침표는 그렇게 정해져 있었다. 마침내 그가 받아들여야 할 시간이 된 지금, 분노도 절망도 사그라져 재로 흩어질 시간만이 필요할 뿐이었다. 모든 것에는 끝이 있기 마련이었다. 태어났으면 죽어야 할 의무를 진 것처럼.

어느새 방 안에 조도 낮은 불빛이 들어찼다. 가로등이 켜질 시간이었다. 창밖 맞은편 건물에도 전등이 켜졌다. 그는 유리창으로 굴절된 노랗고 둥근 빛을 향해 손을 뻗쳤다. 느껴질 온기 따위는 없었다. 그는 빛의 흔적에 따라 몸을 움직이기 시작했다. 고개를 돌리고 손을 뻗었다. 그러자 남겨진 일이 또렷이 떠올랐다. 그는 바로 전의 그와는 전혀 낯선 사람이 되어 버린 듯이 움직이기 시작했다. 작은 탁자를 끌어 침대 쪽으로 갖고 왔다. 방의 전등을 켜고 환한 불빛에 짧게 진저리쳤다. 눈이 제일 먼저 빛에 반응한다는 사실을 오랜만에 느낄 수 있었다. 수첩을 꺼냈다. 빨리 해치워야 했다. 마음이 또 어떻게 요동을 칠지 알 수 없었다. 심호흡 뒤에 펜을 들었다. 활자를 쓴다는 것에 긴장이 됐지만 얼마 지나지 않아 그는 자신이 만든 글자 속으로 빠져들어갔다. 최대한 간략하게 써야 했다. 다행스러운 것은 감정이 들어갈 필요가 없는 것이었다. 사실확인서 같은 문장은 그에게 어렵지 않은 일이었다. 그래도 공을 들이기는 마찬가지였다. 그는 도시 공원묘지에 묻힌 김달이에 관해 써 내려갔다. 호숫가 영감에 대해서도 몇 줄 할애했고 시 행정의 결정과 지지부진함에 대해서도 밝혔다. 여자에 대한 언급은 불필요했다. 여자의 움직임보다는 한 수 빨리 움직여줘야 했다. 소명감이 그의 뇌를 점령했다. 행동만이 남아 있을 뿐이었다. 마지막으로 자신의 소속 집단과 이름을 쓰기 전에 손을 멈췄다. 후에 어떤 일이 진행될지 눈앞에 펼쳐졌기 때문이었다. 더해지는 말도 많을 거였다. 그의 행방을 알고 싶어 하는 사람들이 있었다. 그들을 피해 여기까지 쫓겨온 거라고는 생각하지 않았다. 조직에 의해 내쳐졌다고 그는 생각했다. 두려움의 대상이 틀렸음을 그는 비로소 인정했다. 진실이란 호도되기 위해 있는 그 무엇과 다름없다고 알고 살아왔다. 그들 조직의 상부는 방향 설정 바꾸기의 달인들이었다. 조직을 원망할 필요는 없었다. 그의 잘못은 바로 그 자신이었다. 깨끗이 승복해야 했다. 조직의 잘못을 지고 갈 이유도, 그렇게 없어지지도 않는다는 사실을 그는 깨달았다. 조직은 또 움직일 거였다. 그는 한때 필요성에 의해 주목받던 일부분일 뿐. 자부와 위안 속에서 상장과 포상 속에서.

백지는 아무것도 묻지 말라는 말 그 이상도 이하도 아니었다. 엠은 그것을 보내면서 잠시 망설였을까. 그런 감정을 가질 만한 인물이기는 했다. 엠 역시 조직의 일원이었고 동료였으며 한 집안의 가장이었다. 그에게 관심을 가지고 위로해 줬던 엠을 원망할 마음은 추호도 없었다. 백지는 엠의 작품은 아닐 것이다. 그는 알고 있는 윗선을 생각했다. 어리석은 짓일 뿐이었다. 백지는 그 앞에 떨어졌다. 조직은 어떻게 해서라도 결정을 내려야 했을 것이다. 그에게는 때가 온 것일 뿐. 그는 그렇게 훈련받은 사람이었다. 국외로 추방했을 때 조직은 이미 그라는 존재를 지워 버리겠다고 결정 내렸는지도 몰랐다. 그를 찍어내고 잠잠해질 때를 또 기다리겠다는, 백지는 희생물 바로 그것이었다. 희생물이라니, 그는 바로 그것을 만들기 위해 고혈을 짜낸 사람 중 한 명이었는데.

이제 그의 앞에 조직이 씌우려 하는 올가미를 스스로 둘러야 할 시간만이 남았다. 사형대로 끌려가는 사형수가 조금이라도 시간을 지체하기 위해 신발을 꺾어 신고 나간다는 이유를 절감했다. 살고 싶다고, 오직 그 말만이 그의 머릿속에 들어찼다.

얼마나 시간이 지나갔을까. 마지막 남은 단어들이 그의 머리를 맴돌다 사라지고 감정의 동요도 바람처럼 빠져 달아났다. 그것은 붙박여 있는 사물에 불과했으므로 아무런 항거도 할 수 없었다. 한시도 그 공간에서 벗어날 수 없게 침으로 찔러놓은 곤충 같은 인물이 바로 그였다. 그는 그렇게 괴물이 되어 갔다. 죽어도 살아도 모르는 인물이 되기 위해서 밀폐된 공간 안에서. 이제 겨우 며칠 속죄의 시간을 가진 것이다. 그런데도 그는 자신이 가여워 미칠 지경이었다. 수도의 허름한 호텔에서 여자와 밤을 보낸 날 아침, 비 온 뒤의 깨끗한 도로와 대기를 뚫고 터져 나오던 쨍한 햇살을 떠올렸다. 그는 기억에서 돌아오고 싶지 않아 몸부림쳤다. 여자와 함께 보낸 날들은 그저 짧고 강한 꿈결에 불과했을까. 여자를 몰랐다면 달랐을까. 그랬다면 조직의 명령에 깨끗이 순응했을까. 아니라면 살기 위해 또 다른 방법을 택했을까. 어떠한 상황에서도 김달이처럼 살 수는 없을 거였다. 그의 존재를 감출 도시는 지상 어디에도 남아 있지 않다는 사실 하나만은 분명했다. 이제 그의 앞에는 속죄할 방법만 남은 셈이었다. 애나는 그것을 알려주기 위해 나타난 것이나 마찬가지였다. 절벽 낭떠러지에 선 그를 밀어주는 마지막 힘. 그는 눈을 꼭 감았다. 눈 안으로 검은 물결이 몰려왔다. 저절로 눈이 떠졌다. 그도 공포만은 견딜 수 없었다. 목구멍에서 자신도 모르게 뭔가가 치밀어 올라왔다. 뜻밖에도 그 말은 엄마아! 하는 단어였고 그는 있는 힘을 다해 그 말을 내뱉었다. 그는 진심으로 엄마가 보고 싶어 눈물까지 찔끔거렸다. 그녀의 무릎에 얼굴을 파묻고 음성을 듣고 싶었다. 엄마의 손길을 느끼고 냄새를 맡고 아무 걱정거리 없던 유년으로 돌아가고 싶었다. 그러자 그는 비로소 엄마와 화해한 기분이 들었다. 기분 좋은 느낌이 그의 전신을 에워쌌다. 슬며시 입가가 벌어졌다. 그러자 의식하지도 못한 물방울이 아래로 뚝 떨어졌다.

    잠시 후 정신을 차린 그는 메마른 입술에 침을 칠했다. 입술의 습기를 이용해 천천히 봉투를 밀봉했다. 고개를 들어 창밖을 바라보았다. 작고 네모난 창틀 밖은 까만 어둠뿐이었다. 그는 항공우편을 탁자 위에 똑바로 놓아두고 전등을 껐다. 침대에 누웠다. 조금 자 두고 싶었다.

장의 가게

/

 그는 도심의 한 가게로 들어갔다. 키 작은 사내를 만나기 위해서였다. 모든 것은 그때 결정 난 것인지도 몰랐다. 도시에 온 지 얼마 되지 않던 날, 햇볕을 받으며 도시의 중심가를 걷던 중에 발견한 작은 가게. 어두컴컴한 실내에서 그를 바라보고 서 있던 키 작은 사내. 따뜻한 미소를 머금고 있던 사내를 보는 순간 그는 모든 기억을 되돌려 과거로 달려갔던 것인지도 몰랐다.
 가게 안은 비어 있는 듯이 보였지만 그는 곧 사내가 나타나리라는 것을 알 수 있었다. 매끈한 티크의 감촉을 손으로 쓸자 그는 기분이 좋아졌다. 사실 그는 그것이 티크가 맞는지도 알지 못했다. 그저 그렇게 믿으며 매끈한 감촉을 잠시라도 즐기고 싶어졌다. 기억 속에 모든 것은 투명해져 있었다. 그는 자신

안에 다른 사람이 들어와 있다는 착각이 들었다. 할 수만 있다면 그는 전혀 다른 사람이 되기를 바랐다. 희망이란 사라질 수 있는 게 아닌 모양이었다. 한참 만에 고개를 들었을 때 알 만한 사람이 보였다.

"당신이 기억납니다."

키 작은 사내가 미소지으며 말했다. 상업적인 미소라는 것쯤은 그도 알았다.

그는 빙그레 따라 웃으며 그래요, 나를 기억하는 사람은 흔치 않습니다. 모두 나를 잊고 싶어 하지요. 거리에서도 나에게 인사하는 사람은 없다고 읊어댔다. 순간 그는 자신이 전혀 다른 사람이 된 듯한 착각에 사로잡혔다.

"그럴 리가 있겠습니까? 거리에서 만나면 나는 당신에게 인사를 했을 겁니다. 당신은 이웃입니다."

직업상의 말투일지라도 그에게는 기분 좋게 들렸다.

"부탁이 있어 찾아왔습니다."

그의 대답도 공손했다.

키 작은 사내는 상냥하게 대꾸했다.

"어떤 일도 들어줘야 하는 게 내 일입니다. 흔치 않은 일도 마찬가지입니다. 이 일이라는 게 그렇습니다. 충분히 이해

합니다."

키 작은 사내의 말은 거듭 그를 안정시켰다.

그는 외투 안 주머니에서 동그랗게 말아 놓은 지폐 뭉치를 꺼내 들었다. 가지고 있던 유일한 것이었다.

"이것으로 할 수 있는 일이기를 희망합니다."

"아— 일종의 선 계약이군요. 가능합니다."

딱, 딱, 키 작은 사내의 구두가 경쾌하게 바닥을 쳤다. 사내는 나무 책상으로 걸어가 서랍을 열었다. 노란 종이 묶음이 딸려 나왔다. 계약서에 서명할 펜을 찾아 쥐며 사내가 말했다.

"나는 여기가 정말 좋아요."

사내는 눈짓으로 네모 창을 가리켰다. 창은 나무 책상 위에 액자처럼 걸려 있었다. 그곳으로 거리가 내다보였다. 마침 전차가 지나갔다. 도로 위로 사람들이 바삐 지나다녔다. 작은 도시에 불과했지만 있을 건 다 갖춘 곳이기도 했다. 은행과 제법 큰 슈퍼마켓과 잡화점과 작은 규모의 도박 게임장까지 있었다. 그 앞에는 작업복을 입은 노무자들이 담배를 피우며 모여 있곤 했는데 그들 속에는 좀처럼 마주치기 힘든 유색인들도 끼어 있었다. 그들 앞을 지날 때마다 동료들이랑 모여 골프를 치고 밤이면 양주를 마시며 포커를 치던 기억을 떠올렸었다. 좋은 시절이었지. 그는 혼자 중얼거렸던 것도 같았다. 그들 중 누구라도 이 가게에 들어올 사람이 있어 보이지는 않았다. 하나같이 건강해 보였고 괄괄한 열기를 뿜어내고 있었다. 하지만 누구도 이곳을 피해 갈 수는 없을 거였다. 그는 네모진 창틀 밖에 비친 낯모를 사람들이 왠지 정겹게 느껴졌다. 그곳에는 애나도 있고 애나의 할머니도 있을 거였다. 그러자 애나가 정말 거리를 걷고 있는 게 보였다. 늘 입고 다니는 모직 치마에 낡은 스웨터 차림이었다. 묵직해 보이는 가방도 메고 있었다. 애나는 한가로운 사람이 아니라는 듯 앞만을 응시한 채 곧장 걸어갔다. 급하게 할머니를 만나러 가는 것일까. 아니면 그를 만나러 오는 길인지도 몰랐다. 언제나처럼 손쉽게 그를 찾아 불쑥 가게 문을 열 것도 같았다. 인사는 하고 가셔야죠. 애나는 다정하게 그의 뺨을 비빌지 몰랐다. 그녀의 할머니에게 했던 것처럼. 그랬다면 그도 겸연쩍게 웃으며 애나의 등을 토닥거려 줄지도 몰랐다. 눈 깜짝할 새 애나가 그의 시야에서 사라지고 도로 건너 한 남자의 실루엣이 드러났다. 그의 눈이 휘둥그레졌다. 중절모를 쓴 남자가 가로수에 삐딱하게 기대 서 있었기 때문이다. 모자의 그늘에 얼굴의 윤곽이 가려져 있는데도 남자의 시선이 뚫어질듯 장의 가게를 향하고 있다는 생각을 버릴 수가 없었다.

"저 남자를 아십니까?"

키 작은 사내는 어처구니가 없다는 듯 웃음을 터트렸다.

"가끔 이 도시에 나타나는 자입니다. 누구나 왔다가 떠나곤 합니다. 당신은 그와 비슷합니다. 한 장소에 오랫동안 있다 보면 알게 되는 것이 있습니다. 물론 틀릴 수도 있습니다."

"그만큼 자주 봤다는 말입니까?"

날 선 그의 말투에 키 작은 사내는 주먹으로 입을 가리고 흠, 소리를 낸 뒤 말했다.

"이 일이 좋지만은 않아요. 딱 한 번 빨리 끝내기를 원하는 사람을 만난 적이 있어요. 이유가 있겠지요. 늘 이유가 있기 마련입니다."

뭔가 잘못됐다는 사실이 그의 머리를 스쳤다. 그는 서둘러 외쳤다.

"비상구가 어딥니까? 그곳을 사용해야겠습니다."

"당신과 상관있는 사람이 아닐 수도 있습니다. 늘 그렇습니다. 걱정이 문제입니다. 이 일이라는 게 그렇습니다. 뭐 어쨌든……"

나무 밑의 남자가 움직이기 시작했다. 곧 큰길을 건널 낌

새였다.

"누구나 하고 싶어 하는 일은 다릅니다. 좋습니다. 좋아요. 계약은 얼마든지 미루셔도 됩니다. 이 일이 그래요. 시간이 필요한 일입니다. 때로는 터무니없이 긴 시간이 필요하기도 합니다. 이해합니다."

이유 없이 사내가 그를 잡아두려 애쓰고 있다는 생각에 사로잡혔다. 동시에 그는 자신의 내부에서 일어나는 폭력의 조짐과 단번에 마주쳤다. 육감은 틀린 적이 없었고 그것이 동물적이라는 사실 앞에 실수 또한 용납되지 않았다. 여자가 틀렸다. 그는 좋은 사람일 수 없었다. 그는 성급하게 움직였고 곧이어 비상구 표시등을 향해 몸을 날렸다. 건물을 빠져나오자 밖은 주차장 공터였다. 몇 대의 차들이 정물처럼 서 있었다. 나무 펜스 뒤로 한적한 주택들이 보였다. 그는 주택가로 숨어들었다. 사람의 그림자조차 보이지 않는 고요한 동네였다. 컹컹, 어느 집에선가 개가 짖기 시작했다. 방심은 금물이었다.

호수

/

　어느새 그의 발은 호숫길로 접어들었다. 도시의 중심가는 어느 방향으로든 호수로 나갈 수 있게 설계되어 있었다. 그는 머릿속으로 박의 동선을 그려 보았다. 빠르면 15분이면 충분했다. 그에게는 반나절만큼 길 수 있는 시간이었다. 훗, 그는 짧게 코웃음이 터졌다. 신문 기사가 떠올랐기 때문이다. 물론 그에 관한 기사였다. 다가올 손길을 기다리며, 그가 내는 기계음 소리에 소름이 돋고 가라앉았다 또 돋는 몇 분의 시간이 일생의 시간이 되기를 빌었다고 썼다. 웃기는 놈이라고 그는 신문을 구겼었다.
　호수는 안개가 껴있었다. 물의 입자는 무겁고 축축했다. 비라도 흩뿌릴 것 같았다. 그가 한 걸음 다가갈 때마다 안개는 소리 없이 흩어졌다. 이윽고 눈앞에 거대한 물웅덩이가 드러났다. 발밑에 거품들이 아우성치듯 흩어졌다. 바다 모래가 패어 그의 몸은 앞으로 기울어졌다. 그대로 거대한 웅덩이 앞에 고꾸라지고 싶은 심정이었다. 호수 안에 실체 없는 괴물이 아가리를 벌리고 있다가 그를 덥석 물어가 주었으면 싶었다. 그랬다면 그는 저항 없이 딸려갈 작정이었다. 한편으로 그런 일은 일어나지 않으리라는 것을 잘 알고 있었다. 또 한 판의 결투가 남은 셈이었다. 그는 자신의 전투에서 뒷걸음질쳐 본 적이 없는 사내였다. 칼날처럼 벼린 눈빛을 보이지 않은 사람은 여자가 유일했다. 여자의 무엇에 끌려 여기까지 오게 된 것인지 그는 모른다. 영감의 말대로 동족이어서? 우습지도 않았다. 그는 덫에 걸린 거였다. 여자는 분명히 그를 표적 삼았다. 알면서도 말려들었다. 왜 그랬을까. 그의 깊은 속은 그만 끝내고 싶었던 것인지도 모르겠다. 그의 미래는 그렇게 결정되어 있었고 상대는 과거로부터 걸어온 사람일 거라는 예감은 오래전부터 갖고 있었다. 그에게 번민과 고통을 안겨다 준 사람. 당신은 좋은 사람이에요. 나는 당신을 알아요. 악랄한 저승사자, 프로크루스테스의 침대······.

안개 입자가 그의 얼굴을 적셨다. 모든 일은 이 도시에서 일어난 일이었다. 호수라는 단어가 들어간 이 도시에서. 그의 죄는 증명되었다. 본 것과 느낀 것이 한결같이 맞아떨어졌다. 등가 교환의 법칙처럼. 이제 생 살점을 떼줘야 할 시간만 눈앞에 두고 있었다. 죄책감으로 장의 가게에 들른 것은 아니었다. 가지고 있던 돈을 써야 했다. 돈을 들고 갈 수는 없는 길이었다. 호텔에 둘 수는 더욱 없었다. 누군가가 말아 놓은 지폐를 발견하고 희희낙락하고 있는 상상은 그를 불편하게 했다. 그가 아는, 아니 모르는 한 여인을 위해 쓰고 싶었다. 영감처럼 시장을 찾아가 부탁할 수 있는 상황은 더욱 아니었다. 장의 가게는 이 도시에서 하나밖에 없는 장소였고 김달이가 돌아간다면 거쳐 가야 할 곳이라고 생각했다. 무덤을 파헤치고 그녀의 유골을 꺼내고 뼈를 분쇄하는 비용을 누군가 치러야 한다면 그가 치르고 싶었다. 타국의 사람들에게 짐 지운다는 게 염치없어 보였다. 그는 그 정도의 양심은 갖고 싶었다. 그러자 영감과 동등한 관계가 된 듯해 기분이 좋아졌다.

홀가분한 심정으로 장의 가게를 찾았다. 그런 그가 그곳에서 무슨 짓을 한 것인지. 키 작은 사내는 계약서를 앞에 두고 왜 무모하게 시간을 끌었을까. 방심은 늘 금물이었는데. 그까짓 창밖의 풍경이 뭐라고. 그제야 그는 자신이 잘못 판단했을 수도 있다는 것을 깨달았다. 키 작은 사내는 겸연쩍었는지도 모르겠다. 죽은 자를 위한 산자와의 계약서는 버릇처럼 그를 불편하게 했을 수도 있었다. 약간의 유예 시간을 벌어주며 상대를 위로하는 것을 직업으로 삼았을 사내. 하지만 창밖에서 박을 발견하자 그는 정신 나간 사람처럼 분별력을 잃었다. 그는 불필요한 말을 걸어오는 사내를 오해했고 일격을 가했다. 비상구를 향해 달려나가려는 순간 그는 조금 전 자신이 그토록 어루만졌던 티크 관 밑으로 뻗은 사내의 작은 발을 보았다. 까만 구두가 마치 아이의 신발 같았다. 정신없이 빠져나오는 중에도 그의 눈에는 아이 신발을 신은 사내의 잔영이 떠나지 않았다. 그는 결코 자신의 세계에서 벗어날 수 있는 사람이 아니었다.

등 뒤에서 잘그락 자갈 밟는 소리가 들렸다. 시간이 다 된 모양이었다. 그는 곧장 앞으로 걸어 나갔다. 신발 안으로 물이 푹 스며들었다. 김달이의 유해가 돌아간다면 한 번쯤 여자가 그를 떠올려줬으면 싶었다. 아니 돌아가지 못하더라도 그를 떠올려주기를 희망했다. 여자라면 그럴 수 있을 거라고 무턱대고 생각했다. 그는 걸음을 더 내디뎠다. 외투 자락에 물이 휘감겼다. 물고기를 잡지 않는 호수. 아무도 배를 띄우지 않은 호수에 그는 몸을 담갔다. 물의 차가움도 그를 밀어내지 못했다. 세상에 남은 그의 시간은 이렇게 끝나기로 예정돼 있었다. 그가 만났던 사람들이 한결같이 증명해 준 사실이었다. 그는 타다 만 번제물 같은 흉측한 인물로 남을 거였다. 여자를 만나고 김달이를 알기까지, 애나가 찾아오고 애나의 할머니를 만나기까지의 여정이 파노라마처럼 눈앞을 스쳤다. 그러니까 그는 마지막 남은 힘으로 여기까지 걸어온 셈이었다. 그의 손을 거쳐 간 사람들이 스쳐 지나갔다. 그들 모두는 결코 그를 용서하지 말아야 했다. 호수 안으로 얼굴을 밀어 넣었을 때 그는 비로소 두려움에서 벗어났다. 가는 길은 유일했다. 깊이를 가늠할 수 없는 곳에 닿았을 때 그의 사지는 자유로워졌다. 그들이 두려워하는 이유가 이것이었을까. 아무도 물고기를 잡지 않고 아무도 헤엄쳐 가지 않는 이유가. 보이는 건 어둠뿐이 아니었다. 그는 터져 버릴 것 같은 허파를 안은 채 유골 사이로 가기 위해 있는 힘껏 숨을 멈췄다. 입으로 거품이 터져 올랐다. 한 번 생성된 그것들은 참을 수 없게 그의 몸을 부풀렸다. 귀가 아팠다. 곧 머리를 깨부술 듯한 통증이 따라왔다. 그는 입을 벌려 마지막 남은 의지로 꿀꺽꿀꺽 물을 삼켰다. 애초에 이렇게 되기로 되어 있었다. 그에게 여자를 소개했던 영감과 죽은 김달이, 다정했던 애나, 얼굴이 함몰된 그녀의 할머니, 그들 모두는 그를 기다리기 위해 제자리를 지켜왔다. 호수라는 단어가 들어간 도시로 그를 불러들이고 이윽고 가라앉게 만들기 위해. 그는 그렇게 기획된 인물이었다. 그토록 오래. 그 자리 그 시간에. 부력은 결국 그의 몸을 지상으로 퍼 올렸다. 다리는 본능적으로 움직여 바닥을 찾아 디뎠다. 물결이 도와 그를 호숫가로 밀어냈다. 일어나 숨을 몰아쉴 여유도 없이 차가운 이물질이 그의 목에 휘감겼다. 위력에 의해 그는 무수히 찍히고 휘둘려졌다. 머리가 거의 넝마가 돼서야 자유를 얻었다. 무게감을 잃은 그는 호수의 한가운데로 떠밀려갔다. 시간만이 그를 기다려 줄 거였다. 호수만이 그의 흔적을 지울 거였다.

해설

보이는 것과 보이지 않는 것의 사이에서

오광수 (시인, 문화평론가)

1.

애덤 스미스는 〈국부론〉에서 '보이지 않는 손'에 대해 이야기하고 있다. 그는 "인간이 저녁 식탁을 차리는 행복을 누리는 건 푸줏간 주인, 술도가 주인, 빵집 주인의 자비심 덕분이 아니라 자신들의 이익을 챙기려는 생각 덕분"이라면서 "시장의 가격은 공정한 룰 안에서 자유롭게 자신의 이익을 추구하다 보면, 적절한 가격이 이루어진다."라고 주장했다. 말하자면 적절한 균형을 만들어내는 것은 '보이지 않는 손'이라는 말이다. 생텍쥐페리는 〈어린왕자〉에서 "여기에 보이는 건 껍데기에 지나지 않아. 가장 중요한 것은 눈에 보이지 않아"라고 말한다. 우리는 보이는 것을 추종하지만 한편으로는 보이지 않는 것에 대해 열망하기도 한다. 보이는 것과 보이지 않는 것의 적절한 균형을 유지하는 삶이 우리의 목표다. 어쩌면 보이는 것보다 중요한 건 보이지 않는 것이다.

시인이나 작가는 보이지 않는 것을 위해서 밤을 불태우는 존재들이다. 아니, 보이지 않는 것들이 훨씬 중요하다고 믿는 존재들이다. 밥도 빵도 안 되는 보이지 않는 것을 위해서 끊임없이 쓰고 또 쓴다. 보이지 않는 것의 실체에 가까이 다가간 시인이나 작가는 그만큼의 성취를 이뤄낸 셈이다. 그러나 그 길은 끝이 보이지 않는 길이다. 따라서 쓴다는 일은 굴러떨어지는 바위를 막기 위해 끊임없이 밀어 올리는 시시포스와 같은 작업이 아닐 수 없다.

우경미의 장편소설 〈사물의 눈〉을 읽으면서 보이는 것과 보이지 않는 것에 대해 오래 생각했다. 그의 소설은 600매 남짓의 길지 않은 장편이지만 마치 6,000매 분량의 대하 장편과 같은 이야기를 담고 있다. 얼핏 너무 과장된 말이 아닌가 오해할 수도 있다. 그러나 이 소설의 마지막 장을 덮고 나면 무슨 말인지 알 수 있을 것이다. 소설을 읽는 내내 보이지 않는 것들을 읽어내느라 오래 곱씹으며 읽어야 한다. 그래서 〈사물의 눈〉은 무겁고 무거운 소설이다. 그렇지만 한 번 잡으면 끝까지 긴장감을 유지하면서 읽어내야 하는 흡인력을 지녔다.

……호수는 길게 늘여놓은 8자 형에 뚜껑을 올린 모양으로 자리 잡고 있었는데 언뜻 보면 모자를 쓴 사람의 얼굴 형상에 가까웠다. 도시의 긴 이름에 모자라는 단어가 들어가는 것도 그런 까닭이었으리라 싶었다. 우기에도 호수의 수위는 크게 올라가지 않는다고 했다. 가늠할 수 없는 깊이 때문인지 아니면 늘 가랑비 내리듯 흩뿌리는 비 때문인지 그로서는 알 길이 없었다. 사실 호수는 오래전 많은 사람의 입에 오르내렸지만, 언제부터인가 잊혔다. 결국은 잊혔다는 말에 마음이 끌렸는지도 모르겠다. 그 역시 잊혀 가고 있었다. 아니 잊혀야 했다. 그것이 바로 그가 이 도시 저 도시를 떠도는 이유였다.

소설의 무대는 길게 늘여놓은 8자 형에 뚜껑을 올린 모양으로 자리 잡은, 호수를 품은 세상의 어디쯤 있는 소도시다.

마치 김승옥의 소설 〈무진기행〉의 무진이 구체적으로 어디에 있는 도시인지가 중요하지 않듯이 〈사물의 눈〉에 등장하는 이 작은 도시가 어디쯤인지는 그리 중요하지 않다. 그 소도시에서 평화롭게 살아가는 시민 대부분이 보이는 것이라고 한다면 이 소설의 주요 등장인물들은 보이지 않는 것에 해당한다.

작가는 평화로운 이국 도시의 풍광을 묘사하는 것으로 시작하여 독자들을 서서히 혼돈 속으로 이끌어간다. 독자들 역시 등장인물들이 한 명 두 명씩 모습을 드러낼 때마다 그들이 펼쳐나갈 이야기에 긴장하지 않을 수 없다.

……길의 전환점에는 주정뱅이 영감이 서 있었다. 영감은 도시의 상징인 새 깃털 차림을 하고 어쩌다 들르는 관광객을 상대로 사진을 찍고 푼돈을 받아 썼다. 이제는 낡아 깃털이 숭숭 빠진 망토를 뒤집어쓴 영감은 흉물스러웠다.

이야기의 중심에 있는 '그'가 이 도시에서 맨 처음 만난 사람은 주정뱅이 영감이다. 제2차세계대전 참전 군인이었던 영감은 도시의 인구 3분의 1을 잃은 전쟁에서 용케도 살아남았지만, 후유증으로 알코올 중독자가 된 채 살아가고 있다.

어느 날 그는 영감을 통해 한 여자를 만나게 된다. 여자는 놀랍게도 그와 같은 동족이자 젊은 여자다. 이유가 있어 이 도시까지 와 있을 테지만 서로 묻지 않는다.

크리스마스 아침, 그는 동네 성당에 앉아 있는 여자를 발견한다. 돌아가는 길에 불량배들에게 봉변을 당할 뻔한 여자를 구해주면서 두 사람은 한층 가까워진다. 그날 저녁, 그는 술에 취한 채 길에 드러누운 영감을 집까지 데려다주게 된다. 정신을 차린 영감은 벽의 한 면을 가리킨다. 그는 거기서 김달이에 대한 신문 기사를 읽게 된다.

달이 김, 1987년 6월 16일 시립병원에서 사망
나이 미상
유족 없음
장례식은 시 묘원 10시

낯선 외국의 도시에서 동족인 할머니의 기사를 접한 그는 여자로부터 김달이의 이야기를 전해 듣는다. 왜 동족의 할머니가 시립병원에서 유족도 없이 죽어갔을까. 주정뱅이 영감은 왜 자신의 방 한쪽 벽에 할머니의 부음기사가 난 신문을 오려서

붙여두고 있었을까. 그는 의문을 해결하기 위해 공동 묘원에 묻힌 김달이 할머니를 찾는다.

2.

 소설 속 '그'는 왜 먼 나라의 소도시에 흘러와서 쥐죽은 듯이 살고 있을까. 또 젊은 여자는 무슨 사연이 있길래 소도시에서 혼자 살아가고 있을까, 소설은 실타래처럼 얽힌 의문들을 하나둘 풀어가면서 실체를 드러낸다. 그것은 곧 보이는 것보다 훨씬 덩치가 큰, 보이지 않는 것들에게 대한 이야기를 구체적으로 풀어가면서 우리가 잊고 있었던 상처를 들쑤신다.

 ……짐작이 맞는다면 김달이는 일본군 위안부였을 것이다. 크리스마스날 영감 집 벽에 붙은 신문 조각을 떠올렸다. 거기에 적힌 두 단어는 그의 뇌에 깊이 박혀 있었다. 위안의 여자. 물론 그는 그 말을 뱉어본 적이 없었다. 그건 여자도 마찬가지였고 영감 또한 발설한 적이 없었다. 그러니까 김달이는 그 말을 지우기 위해 여기까지 흘러들어온 건지도 몰랐다. 일본이

패망한 뒤 홀로 여기까지 찾아 들어온 여자. 걸어서 온 것만은 아닐 것이다. 처음에는 누군가를 따라왔을 수도 있겠고 또 어느 순간엔 아무도 그녀 곁에 남아 있지 않았을 수도 있었다.

일본 패망 후 김달이는 고국으로 돌아가지 못하고 이 소도시까지 흘러들어오게 된 것이다. 영감 또한 전쟁통에 포로로 잡혔다가 굶어 죽을 고비를 넘고 살아 돌아온다. 그런 영감이라 전쟁을 경험한 김달이에게 동병상련의 마음을 가졌으리라 그는 짐작한다.
이쯤에서 그는 누구인지가 차츰 드러난다. 그는 특별하게 하는 일이 없지만 엠이라고 불리는 사내에게 정기적으로 전화를 해서 자신의 생존을 알려야 한다. 또 엠이 보낸 박으로부터 감시를 받기도 한다. 그의 실체가 드러나는 건 소설의 중간 지점을 넘어서부터다.

……순간 그는 자신의 별명을 떠올렸다. 조간신문에서 그것을 발견하고 조소했던 기억을 아직도 갖고 있었다. 틀린 말도 아닌 그것을 직접 들어본 적은 없었다. 어떤 이는 그를 신화적 인물에 비유했다. 키를 침대에 맞춰 짧으면 늘여 죽이고 길

면 잘라 죽이는 인물이라고 했다. 침대에는 보이지 않는 장치가 있어 그 누구도 키가 들어맞는 사람은 없다고 썼다. 그는 인간의 역사가 생기기도 전에 그런 인물이 있었다는 데 놀라워했다. 인간이 겁을 먹은 최초의 신화적 인물에 그를 비유한 남자를 그는 알고 있었다. 남자는 지린내를 풍기며 그에게 인계되었다. 끌려오면서 오줌을 싸 버린 남자의 바지는 흥건히 젖어 있었고 그는 짜증을 냈다. 발가벗은 아랫도리도 선명하게 기억났다. 그는 신화적 인물이 맞았다. 그런 이야기는 사라지지 않는 법이다. 그 역시 불멸의 인물로 남을 것이다. 조직은 그를 기술자가 아닌 전문가 수준으로 모셨다. 출장도 자주 나갔다.

우리 현대사 속 '턱 치니 억했다'라는 말도 안 되는 증언을 떠올리게 하는 고문 기술자가 바로 그였다. 그는 위정자들로부터 버림받고 먼 타국까지 흘러들어와 숨어지내는 신세였다. 그러한 그를 관리하는 건 엠이다. 그러나 그들의 관계가 언제까지 계속되리라는 보장이 없다. 그의 실체가 드러나면서 자연스럽게 여자가 이 도시에 흘러들어온 사연도 밝혀진다.

······아버지는 간첩이었고(세상 사람들은 그렇게 불렀다)

형을 마치고 나온 아버지는 정신이 나가버린 사람이었다. 그것에 대해 세상 사람들은 또 뭐라고 했었나. 독한 약을 먹어야 진정이 되었고 아니면 미쳐 날뛰는 위험한 사람? 아버지의 육신은 엄마와 마찬가지로 여자의 눈앞에서 두 시간 만에 가루가 되어 나왔다. 아버지는 살아서도 죽어서도 여자에게 아무런 영향을 끼치지 못하는 존재라고 생각했다. 아버지의 유해는 생각보다 따스했다. 한 번도 느껴보지 못한 온기였다. 그제야 여자는 조금 서러워졌다.

전쟁을 방불케 했던 우리 현대사의 한 가운데서 희생당한 이는 한둘이 아니었다. 불온한 책을 소지한 혐의로 간첩으로 몰려 잡혀들어간 아버지는 고문에 못 이겨 정신이 나간 채로 석방된다. 그의 아내는 이미 저세상 사람이 되었고, 하나 남은 피붙이인 딸을 돌볼 수 있는 능력은 상실한 지 오래였다. 홀로 남은 딸이 선택할 수 있는 길은 그리 많지 않았다. 먼 타국의 소도시에 흘러들어와 몸뚱이로 벌어먹을 수 있는 일을 할 수밖에 없었다.

어찌 보면 가해자와 피해자인 그와 여인은 주정뱅이 영감의 죽음을 계기로 급격하게 가까워진다. 눈을 감기 전 영감은 김달이 할머니의 유해를 고국으로 송환하기 위해서 시장에게 편지를 보냈다고 밝힌다.

　……일본군은 퇴각을 결정했다. 무기다운 무기도 없는 상태에서 전투기와는 싸움이 되지 않는다는 것을 여자들도 알 정도였다. 본 군과의 연락이 끊겼다는 것도 알아들었다. 여자들은 꼼짝없이 그들 속에 끼어들었다. 세이코의 죽음은 끔찍했다. 허리의 절반이 날아가 버렸다. 패인 옆구리에서 피가 왈칵왈칵 쏟아져 나오는 것을 김달이도 보았다. 묻어 줄 겨를도 없었다. 세이코의 시체를 아침저녁으로 마주 봐야 할 지경이었다. 나중에는 아무렇지도 않게 됐다. 세이코의 죽음으로 군부대도 여자들의 동행을 인정하지 않을 수 없게 됐다. 배낭 안에 누구 것인지도 모를 물통을 넣고 그녀도 부대를 따라나섰다. 밀림에서의 도태는 곧 죽음으로 가는 길이라는 것을 모르는 사람은 없었다. 여자들은 군인들에게서 멀어지지 않기 위해 애를 썼다. 자다가 이동하는 부대원을 놓친 하루코가 떠올랐다. 그 애는 차라리 죽고 싶다고 말해 왔었다. 더는 걷지 못하겠다고. 물론 거기에는 배고픔도 목마름도 있었다. 밀림 어디에도 먹을 것은 없었다. 굶어 죽지 않으려면 걸을 수밖에 없었다.

아무 사건도 일어나지 않을 것 같았던 이 소도시에서 그와 여인은 뜻밖에도 일본군 위안부의 파란만장한 삶과 마주한다. 처절하면서도 놀랍기까지 한 김달이 할머니의 삶은 우리가 애써 외면했던 역사 속에서 선명한 상처로 드러난다. 평생 김달이 할머니를 곁에서 지켜보면서 죽기 직전에 유해라도 조국에 보내려고 노력했던 영감은 물론 그에게도 여인에게도 부채처럼 어깨를 짓누른다. 여인은 비자 연장을 위해서 노력하다가 끝내 추방당하다시피 하면서 소도시를 떠난다. 혼자 남은 그는 자신이 마지막으로 해야 할 일을 찾는다.

마지막 정착지인 묘원에 내린 그는 김달이의 묘지가 아닌 동굴교회를 찾는다. 실내를 관람하던 그는 크고 작은 공간들이 나치가 마을 사람들을 가두고 고문하던 장소로 쓰였음을 알게 된다. 여자가 다시는 가고 싶지 않다고 말하던 이유도 알게 된다. 동굴 밖을 나온 그는 가늘게 날리는 눈발 아래 선다. 눈발은 그에게 도달하기 전에 흔적 없이 사라지지만 그의 죄상이 세상에 감춰질 수 없음을 깨닫는다.

결국 그는 엠으로부터 백지 서신을 받는다. 방에 칩거하며 백지의 의미를 되새긴다. 며칠간 씨름하던 끝에 그는 한 단체에 편지를 쓴다. 여자의 바람이기도 한 김달의 유해를 돌려보내기 위해. 마지막으로 그의 소속을 밝히고 지웠다, 를 거듭한다. 항공우편을 보내고 그는 오랜만에 도시의 중심가로 향한다. 가게 창밖에서 박을 발견한 그는 미친 듯이 도망치지만 결국 호수에 다다른다. 호수는 짙은 안개에 휩싸여 있다. 그는 자신이 퇴로 없는 선상에 섰음을 실감한다.

그에게 남은 단 하나의 선택. 책을 덮고 나면 대하 드라마의 마지막 페이지를 덮는 느낌을 받는다. 작가 우경미는 낯선 이국의 한적한 소도시에서 아프디아픈 우리 모두의 상처를 들춰낸다. 그것은 절대 보이지 않는 그 무엇이었다. 우경미가 펼쳐 보인 탁월한 소설적 장치는 그가 오랫동안 쓰고 또 쓰면서 연금술사처럼 작품을 다듬어 왔음을 단박에 알 수 있다.

3.

〈사물의 눈〉의 주된 소재는 위안부다. 위안부는 '제2차세계대전 동안 일본군의 성적 욕구를 해소하기 위한 목적으로 강제적이거나 집단적, 일본군의 기만에 의해 징용 또는 인신매매범, 매춘업자 등에게 납치, 매수 등 다양한 방법으로 일본군을 대상으로 성적인 행위를 강요받은 여성'을 말한다. 위안부 문제에 조금이라도 관심이 있는 이들이라면 스무 살 남짓의 젊은 여성들이 강제로 끌려가서 전쟁터의 한가운데서 어떤 수모와 고초를 겪었는지 잘 알 것이다.

우경미는 이 소설을 통해 잔학한 범죄 현장을 고발하거나, 범죄를 저지른 일본인들에게 책임을 지라고 소리 높여 외치지 않는다. 다만 낯선 이방의 땅을 배경으로 소설적 장치를 통해 상처를 드러내 보일 뿐이다. 그런데도 독자들은 잔혹했던 범죄의 현장을 보는 것 이상으로 몸서리치는 경험을 하게 된다. 단편집 〈나비들의 시간〉에서 우경미는 작가의 말을 통해 다음과 같이 고백한다.

길을 잃고 낯선 마을에 들어선 적이 있었다. 사람이 살았던 흔적만 남은 고요한 마을이었다. 창문은 깨지고 건물 벽엔 붉고 노란 의미 없는 낙서들. 금 간 보도 바닥은 복병처럼 군데군데 파여 있었다. 왜 여기로 들어왔을까. 어찌 된 심사인지 나는 점점 마을 깊숙이 들어가고 있었다. 낯선 고즈넉함을 즐기기라도 할 참인가! 나는 단 한 명의 사람도 만나지 못한 상태였다.

우경미는 단 한 명의 사람도 만나지 못한 그 어느 곳에서 두레박질하듯 언어라는 물동이를 길어 올렸다. 그가 물동이에 담아놓은 언어들은 우리의 상처를 헤집으면서 어떤 카타르시스를 느끼게 한다. 그건 일종의 각성이기도 하다. 그래서 그의 성취는 참 귀중해 보인다.

우경미의 소설은 때로 디아스포라 문학으로 보이기도 한다. 민족국가의 영토를 벗어나서 이주국에 거주하는 이주자의 삶과 정체성을 다룬 문학이라는 정의에 충실하다면 일견 그럴 수도 있겠다. 그러나 우경미의 소설은 그 땅에서 살아가는 이야기가 아닌 그 땅에서 사유하는 이 땅의 이야기다. 그래서 함부로 규정짓기가 어려운 지점에 위치한 소설이다. 그의 소설적 관점이 독특한 공간에 머물게 된 배경에는 그가 오랜 시간 동안 미국과 영국 등에 거주한 이유도 있을 것이다. 이국적인 공간 속에서 끊임없이 좋은 소설을 쓰기 위해 불면의 밤을 보낸 결과물이 그의 소설이 아닐까 생각해 본다.

4.

이쯤 해서 청춘의 한때, 그와 보냈던 우울하면서도 유쾌했던 시절의 이야기를 꺼내야 하겠다. 우리는 박정희 전 대통령이 시해됐던 해, 서울의 한 캠퍼스에서 동급생으로 만났다. 짧은 커트 머리에 검은 코트의 깃을 세운 그가 촌티가 줄줄 흐르는 나에게 경상도 사투리로 다그치듯 물었다.

"니 어디서 왔는데?"

지질했던 나는 제대로 대답조차 못 했을 것이다. 거리낌 없이 경상도 사투리를 구사하는 여성을 처음 접해본 충청도 촌놈은 도발적인 그의 억양에 기가 꺾였을 터였다. 더군다나 고등학교 졸업 후에 바로 대학에 온 나와는 달리 그는 종로통이던가 광화문통에서 재수 생활을 거친 '누나'였으니. 게다가 그는 부산에서 올라오는 '향토장학금'이 넉넉해서인지 늘 풍족해 보이고, 걸음걸이도 당당했다. 기억이 맞는다면 그는 다른 열정이 있었는지 학과보다 연극반에 가 있을 때가 많았다. 그런 그가 단편집을 내놓는다고 연락이 왔을 때 나는 꽤 놀랐다. 그가 소설을 놓지 않고 있었나?

단편집 〈나비들의 시간〉에 실린 작가의 말을 읽자 나는 고개가 주억거려졌다.

……새파란 시절의 나는 골방에 틀어박혀 내면과 씨름해야 한다는 사실에 힘겨워했다. 밖의 세상은 늘 변화무쌍해 보였다. 유보해 두었던 길을 다시 떠나기로 했을 때 참 힘들었다. 세상이 날 위해 기다려줄 까닭이 없음을 절절히 체험할 수 있었다. 그렇게 글을 발표할 수 있는 자격을 갖추게 되었을 때 이번에는 내 이야기에 귀 기울여주지 않는 현실에 놀랐다. 그러나 나는 아직도 글을 쓰고 있다. 공백이 주는 두려움에 떨면서, 언제까지 견딜 수 있을지 나는 모른다. 어려서의 나는 꽤 징징거렸을 수도 있겠지만 지금의 나는 은근히 그것을 즐길 줄도 알게 되었다. 새삼 세월에 고맙다.

그의 고백처럼, 강의실에 쭈그리고 앉아서 고매하신 소설가, 시인 선생들의 강의를 듣던 시절, 캠퍼스에서는 군부독재에 지친 세상을 향해 돌팔매질을 시작할 무렵이었다. 우리는 울분에 차 술을 마시고 돌을 던지다가 누구는 붙잡혀 갔고 누구는 도피했고 누구는 훼절했다. 침묵했던 청춘도 슬프긴 마찬가지였다.

젊은 한때를 밖에서 보낸 그는 뒤늦게 내면의 세계로 잠입하여 소설 쓰기를 시작했다. 그리고 단편집을 낸 후 십 년 만에 장편소설을 세상에 내놓게 됐다. 마치 로시난테를 타고 풍차를 향해 돌진하는 돈키호테처럼 보인다. 아무도 책을 읽지 않는 시절에 장편소설이라니. 온라인 게임 속에서 각종 신무기로 무장하고 거침없이 적을 제압하는 도발적인 여전사의 모습이 그려지기도 한다. 왜냐하면, 그의 문법은 발랄하고 새롭기 때문이다.

　우리가 그의 소설을 읽고 각성하면 그는 한 발짝 더 나아가서 소설이라는 무기를 들고 부조리한 세상과 싸워줄 것을 믿는다. 우경미니까.

작가의 말

 이 소설은 영국에서 돌아와 십 년 동안의 기간에 쓴 소설 중의 한 편이다. 어느 날 우연히 한 책을 손에 넣게 되었는데 〈빨간 기와집〉*이라는 타이틀이었다. 기록집에 가까운 이 책은 내게 강한 충격으로 다가왔다. 책을 쓴 사람이 일본인이었다는 사실이 놀라웠고 책 속 인물의 인생 여정에 내 억장도 무너져 내렸다. 인생으로 치면 최하층에 태어나 어릴 적 집 나간 엄마에 결국 자신도 발붙일 곳 없이 떠돌다가 일본군 위안부가 된 여자……

 그녀는 돌아오지 못한 채 오키나와 땅에 묻히고 만다. 감정이입이 돼 밤을 꼬박 새우고 말았다. 날이 밝자 나는 어쩐 일인지 노트북 앞에 앉게 되었고 오래전 쓴 단편을 꺼내 읽기 시작했다. 미발표작이었던 단편은 이국의 공업 도시 이름을 붙였었다. 여행길에서 마주친 한 여자를 보고 구성해 본 소설이었다. 때 묻은 공장 시멘트벽에 붙어 서 있다가 나와 눈이 마주치자 신산하게 웃어 보이던 여자…….

그녀의 요란한 옷차림을 보고 남자를 기다리는 여자라고 나는 무턱대고 생각했다. 왜 그랬을까. 아무런 접점도 없었는데. 그때 나는 길을 잃고 헤매는 중이었다. 더구나 지금은 왜 그 도시로 들어갔는지도 생각나지 않는다. 검은 그라피티가 난무한 도시를 빠져나오면서 내 혼은 이미 소설의 미궁에 빠져들었는지도 모르겠다.

정작 소설은 생각만큼 만들어지지 않았다. 사장시켰던 이유도 내 정서가 감당할 소재가 아니었기 때문이다. 그 단편에 이 소재를 녹아들게 만들기 위해 삼 년이라는 시간이 걸렸다. 팬데믹 기간을 고스란히 이 소설과 더불어 지낸 셈이다. 전 인류가 앞날을 알 수 없던 막막했던 그 시간…… 나 역시 매우 불행했다. 개인적인 송사까지 뱀처럼 내 발목을 휘감고 있었다. 이 소설을 잡고 삼 년을 버텼다. 도피처라면 도피처였고 탈출구라면 또 그랬다.

이제 현실보다 소설이 쉽다는 것을 충분히 안다. 아무리 힘들어도 소설이란 어느 순간이 되면 호랑이 등에 올라탄 듯이 속도가 붙고 서사가 만들어진다는 사실을 경험해 보았으니 말이다.

하나씩 서사가 만들어질 때마다 내 사고도 달라졌다. 나란 인간은 냉소적인 척하기를 재미로 아는 유형이었는데, 그래서인지 매사에 크게 분개하지 않는 인간임을 자부로 알고 살아왔었다. 그러나 소설을 쓰는 동안 나는 앞선 역사의 피해자에게 빚진 후세대에 불과하다는 사실을 절감하지 않을 수 없었다. 유명 역사학자가 말한 과거와 현재의 끊임없는 대화, 가 역사라는 문장이 공허할 뿐이었다.

아직도 우리는 해결되지 않은 과거의 문제에 정치적 속셈이 얽혀 꼬여가는 것을 바라만 보고 있는 처지다. 당대의 사회적 참사에도 침묵을 강요당하는 피해자 가족들이 있음을 안다.

소설 속에는 한때 고문 경관이었던 '그'라는 인물이 서사를 이끌어 가고 있다. 서사의 많은 부분도 그가 차지하고 있다. 사과의 한 마디를 죽음으로 갚을 수밖에 없는 인물인 그를 내세운 이유가 어쩌면 결론 내기 쉬워서일까 하는 고민을 꽤 했었다. 그랬다면 그것은 협잡이나 다름없다고 생각했으니까.

현실의 벽에 부딪힐 때마다 마지막 선택의 순간이 자신의 결정이었다고 자위하는 현대인들은 차라리 행복한 사람일 것이다. 그러나 이 소설은 그렇지 못한 시대를 살다 간 사람들의 이야기다. 역사의 수레바퀴에 깔려 죽어간 사람들을 우리는 시대의 피해자라고 치부했다. 그들의 서사를 쓰고 지우고 보충하는 것을 반복하는 동안 나 역시 고통스러웠다. 고통이 고통으로 끝난다는 사실에 힘들었던 것 같다.

이 글이 인간 행위에 대한 양심을 실감하는 소설로 조금이라도 자리매김했으면 하는 바람이 있다. 이렇게 쓰고 나니 어쩐지 속이 좀 편안하다. 이제 내 손을 떠날 시간이 됐을 뿐이라고 믿는다.

마지막으로 먼 타국의 구석 자리에서 이름도 모르게 스러져간 일본 위안부분들과 고문 피해자로 평생 고통받다 가신 분들께 머리 숙여 조의를 표한다.

2023년 가을, 늘 같은 공간 같은 자리에서

* 〈빨간 기와집〉, 가와다 후미코 작, 꿈교출판사

소설 ——— 사물의 눈

초판 1쇄 발행 2023년 11월 15일

지 은 이 우경미
펴 낸 곳 도서출판 나비문
펴 낸 이 우경미
편   집 김지혜, 김경순
디 자 인 혜리
마 케 팅 이정훈

출판등록 제 2023-000084호
주   소 서울시 용산구 이촌로 71길 10, 212동 304호 (이촌동, 한가람)
팩   스 02-6434-5302
이 메 일 moosoora@hanmail.net
인스타그램 @nabimun95

ISBN   ISBN 979-11-984583-7-7
ⓒ 우경미 2023

* 이 책의 본문은 '학교안심 바른바탕' 서체를 사용했습니다.
* 책값은 뒤표지에 표시되어 있습니다.
* 파본 도서는 구입처에서 교환해 드립니다.